EIN MÄDCHEN NAMENS MARIO

Catalina Onda

EIN MÄDCHEN
NAMENS MARIO

Biographischer Roman

Bibliographische Information der Deutschen Nationalbibliothek:
Die Deutsche Nationalbibliothek verzeichnet diese Publikation in
der Deutschen Nationalbibliographie; detaillierte bibliographische Daten sind im Internet über http://dnb.d-nb. de abrufbar.

2018 Catalina Onda
Herstellung und Verlag:
BoD- Books on Demand Norderstedt
ISBN: 9783746046631

Und immer noch
ist da die Frage:
Wieviel von mir bin ich?
Und wieviel ist das,
was die Gesellschaft mir gestattet, zu sein ...

TEIL 1

Alte Geschichten

„Mädchen sind dumm!", sagte die Großmutter. „Sie sind eitel und hysterisch. Und schon als Baby nerven sie durch ihren hohen, schrillen Ton, wenn sie weinen.

Das hält kein Mensch aus.

Da muss man ihnen dann halt ein paar ordentliche Ohrfeigen reinhauen, damit das aufhört. Und selbst das kapieren sie nicht gleich. Sie schreien dann nur noch lauter. Unerträglich! Man möchte ihnen oft am liebsten den Kragen umdrehen, weil man ja selbst schon ganz nervös wird.

Aber irgendwann hat man sie endlich doch so weit, dass man nur noch die Hand heben muss und schon verstummen sie. Sie sind nämlich auch von Natur aus feige und devot!"

Die Großmutter betrachtete Maria unzufrieden.

„Oh Gott! Deine Haare sind eine Katastrophe", seufzte sie. „Das ist eben der nächste Nachteil, wenn das Kind ein Mädchen ist. Die langen Haare! Die sind so fein, dass sie immer verfilzen und es macht eine Heidenarbeit, sie auszukämmen. Und dann schreien sie wieder wie am Spieß, wenn man sie frisiert. Und das nur, weil es ein bisschen reißt. Mädchen sind halt wehleidig ...

Ich, für meinen Teil, wollte nie ein Mädchen. Mein Sohn war so ein angenehmes, pflegeleichtes Kind. Deine Mutter hingegen war eine richtige Heulsuse. Dieses ewige Geschrei beim Frisieren! Ich muss die

Haare ja auskämmen. Was sollen denn sonst die Leute denken, wenn mein Kind so schlampig in der Gegend herumläuft!

Und damals, als deine Mutter klein war, da mussten diese Zöpfe auch noch möglichst lang sein! Das ist ja heute schon ein Fortschritt, dass man die Haare auch kürzer schneiden kann."

Maria hörte nur halb zu ... Sie war gerade damit beschäftigt, einen Marienkäfer zu zähmen.

„Flieg auf meinen Zeigefinger!", wünschte sie mit all ihrer Kraft. „Bitte, flieg auf meinen Finger!", flüsterte sie dann hörbar und öffnete zaghaft ihre Handflächen, zwischen denen sie das Tierchen eingeschlossen hielt. Der Marienkäfer ordnete seine leicht zerknitterten Flügel und krabbelte dann schnell nach oben, bis er auf Marias Schulter saß, wie auf einer Aussichtsplattform. Dann wagte er einen bescheidenen Flugversuch ...

„Hör schon auf, du dummes Ding, du glaubst doch nicht wirklich, dass der Käfer macht, was du willst!", schimpfte die Großmutter. „Und heute Nachmittag gehen wir zum Friseur. Ich brauche eine neue Dauerwelle!"

Der Friseur

„Guten Tag Frau Watzlavic!", sagte der Friseur mit einer kleinen Verbeugung, „Schnitt und Dauerwelle, wie immer?"

„Jawohl! Sie kennen ja alle meine Wünsche. Hinten im Nacken schön kurz und vorne ein bisschen voller. – Und mit dem Kind muss man auch was machen. Schneiden sie ihr einen Kurzhaarschnitt. Richtig kurz, wie für einen Jungen! Verstehen sie, so kurz, dass man sie nicht mehr frisieren muss!"

„Wie Frau Watzlavic wünschen!", sagte der Friseur mit einer neuerlichen Verbeugung.

Als er sein Werk dann vollendet hatte, war selbst die Großmutter verblüfft.

„Maria!", rief sie begeistert, „Du siehst ja wirklich aus, wie ein Bub! … Was meinen sie?", wandte sie sich an den Friseur. „Na wenn ich die jetzt Mario rufe und die Leute es nicht wissen, glaubt mir doch jeder, dass das ein Junge ist!"

„Da ist schon was dran, gnädige Frau!", antwortete der Friseur und schmeichelnd fügte er hinzu: „Und gnädige Frau sehen auch ganz fabelhaft aus!"

„Komm Mario!", sagte die Großmutter, nachdem sie bezahlt hatte. „Ab sofort bist du mein Junge. Du weißt ja, Oma mag keine dummen, hysterischen kleinen Mädchen. Oma möchte einen starken, kleinen Jungen, der ihr helfen kann. Nicht so ein dummes, unnützes Mädchen. Weil du weißt ja, Oma ist schon alt und hat ein kaputtes Kreuz."

„Um Gottes willen! Was hast du denn mit dem Kind gemacht?", sagte Marias Mutter entsetzt, als sie am Abend vom Büro nachhause kam.

„Ist viel praktischer so!", konterte die Großmutter.

„Aber sie sieht aus, wie ein Junge!"

„Na und! Ein Bub wäre mir ohnehin lieber gewesen." Und erbittert fügte sie hinzu: „Du hast leicht reden, du frisierst sie ja nicht! Und solange *ich* hier die Arbeit mache, hast *du* nichts zu sagen!"

Der Herr Pfarrer von Großvaters Grab

Großvaters Grab befand sich fünf Kilometer entfernt, in einer Nachbargemeinde am See. In dieser entlegenen Ortschaft kannte Marias Familie niemanden, nur Großvater wohnte auf dem dortigen Friedhof.

Dieser war auf einem Hügel gelegen und die Großmutter schnaufte immer recht angestrengt, wenn sie sich mit dem Kind zusammen bergauf mühte. In ihrer klobigen, kastenförmigen Handtasche, hatte sie ein kleines Set von Gartengeräten untergebracht, die sie zur Grabpflege benötigte.

Vor dem Grab blieb sie dann immer erschöpft stehen und Maria beobachtete, wie die Großmutter weinte. Sie betrachtete einstweilen das Foto des Großvaters auf dem Grabstein aus Marmor. Ein ovales, verblichenes Bild in braun-weiß, auf dem man nicht sehen konnte, dass der Großvater in Wirklichkeit ganz hellblaue Augen und tiefschwarze Haare gehabt hatte.

„Wenn dein Opa noch leben würde, dann wäre alles anders! Aber so ist es halt ein Unglück! Als Frau alleine ist man nur ein halber Mensch! Als Frau alleine ist man nichts wert! Geh mal und hol Wasser von oben neben der Kirche, Mario."

Inzwischen entfernte die Großmutter verbittert alles Unkraut, das sich jedes Mal besser entwickelte, als die liebevoll angepflanzten Blumen.

Mario fand die Farbkombination unangenehm. Das Rot der Salvien schlug sich mit den fliederfarbenen anderen Blumen, deren Namen niemand kannte.

Mario wartete, bis eine von den großen Gießkannen, die der Friedhof zur Verfügung stellte, frei war.

„Na, du bist aber ein tüchtiger, kleiner Junge!", sagte der Herr Pfarrer, der gerade aus der Kirche herauskam, wohlwollend. „Wie heißt du denn?"

„Georg", sagte Mario.

„Oh, Georg!" wiederholte der Herr Pfarrer begeistert. „Weißt du, wer der heilige Georg war? Das war ein ganz großer Held. Der hat sogar siegreich gegen Drachen gekämpft. Komm mal mit mir! Ich glaub', ich hab' in der Sakristei noch ein Heiligenbildchen für den Namen Georg! Möchtest du das haben?"

„Ja, gerne!"

Danach begab sich der Pfarrer auf einen Rundgang durch den Friedhof.

„Tüchtiger, kleiner Junge!", meinte er anerkennend, als er an Marios Großmutter vorbeischritt.

„Entschuldigen sie, Herr Pfarrer! Das Kind heißt gar nicht Georg." Die Großmutter verbeugte sich unterwürfig und gab dem Herrn Pfarrer das Bildchen des heiligen Georgs zurück. „Entschuldigen sie, das Kind hat eine lebhafte Fantasie!"

...

„Wehe, du lügst den Herrn Pfarrer noch einmal an, Mario!", sagte die Großmutter streng, als sie den Friedhof wieder verlassen hatten. „Zur Strafe gibt es heute keinen Pudding!"

Rollenspiele

Wenn er mit der Großmutter allein war, wurde er Mario gerufen. Mit Hose und Pullover bekleidet, stand er dann breitbeinig da, wie ein kleiner Mann.

Wenn sie mit ihrer Mutter allein war, wurde sie Maria genannt. Die Mutter steckte sie in ein Kleidchen mit Rüschen, was zu dem kurzen Haarschnitt lächerlich aussah. Sie band ihr eine Schleife mit einer großen Masche um den Kopf, um von den fehlenden Haaren abzulenken. Maria fühlte sich dann immer unwohl. Irgendwie verkleidet. Gezwungen, etwas zu sein, das sie gar nicht war.

Wenn er Mario war, half er seiner Großmutter den riesigen Berg von Kohle, die bei der Lieferung einfach in den Vorgarten gekippt wurde, in den Keller zu räumen. Mario durfte auch mit sechs Jahren schon mit einer richtigen, scharfen Axt Holz hacken. Das fühlte sich gut an.

Wenn Mutter und Großmutter gleichzeitig anwesend waren, vermieden sie zumeist die direkte Anrede. Die Mutter sagte dann „Liebling" und die Großmutter „Gfrast".

Mario war damals felsenfest überzeugt, ein Junge zu sein. Durch irgendeinen Fehler war der Name wohl falsch eingetragen worden und deshalb stand jetzt in der Geburtsurkunde „Maria". Das war recht ärgerlich, aber anscheinend nicht mehr rückgängig zu machen.

So kam es auch, dass die Frau Lehrerin Mitterlehner sie am ersten Schultag fälschlich als Mädchen bezeichnete!

„So eine dumme Kuh! Man sieht doch, dass ich kein Mädchen bin!", dachte Mario insgeheim verärgert.

„Ich heiße nicht Maria!", berichtigte sie immer wieder bockig.

Es gab in der Klasse auch ein Kind, das darauf bestand „Sissi" genannt zu werden und nicht „Elisabeth". Sogar Tränen gab es deshalb.

Die Lehrerin ging auf die Kinder ein und achtete fortan darauf, Elisabeth „Sissi" zu rufen.

Maria war ihr anfangs ein Rätsel. Aber die erfahrene Pädagogin war eine tolerante Frau mit Verständnis für Eigenheiten. Sie entschied sich dafür, das Rollenspiel zu tolerieren. Es war ihr egal, dass das Kind zum Turnunterricht mit Leibchen und Hose erschien und nicht, wie die anderen Mädchen, in einem Turnanzug. Sie hatte auch nichts dagegen einzuwenden, dass dieses Mädchen lieber neben einem Jungen sitzen wollte. Das Kind war intelligent und lernte leicht. Warum sich also mit dem Junge oder Mädchen Thema aufhalten. Die Lehrerin stellte mit anfänglichem Erstaunen fest, dass die anderen Mädchen Maria mieden, während sie/er von den Buben der Klasse als ihresgleichen akzeptiert wurde. Sie beobachtete amüsiert, wie Maria an den Handgreiflichkeiten und Rangkämpfen der Jungen teilnahm. Ein Mädchen das raufte! Und das dabei auch noch häufig gewann!

Frau Mitterlehner fand dann letztlich eine neutrale Lösung für das Namenproblem. Sie machte den Vorschlag, das Kind fortan Marion zu rufen.

„Marion ist ein Unisex-Name", erklärte sie. Bei uns ist es häufig ein Mädchenname, aber in Amerika gibt es sogar einen Schauspieler, der Marion heißt.

Als kleines Kind war Marion am liebsten im Garten. Dort sammelte sie nach Regenfällen gerne Schnecken ein, die hektisch aus ihren überfluteten Behausungen flüchteten. Dann setzte sie die Tiere in eine alte Schuhschachtel, in deren Deckel sie vorsorglich ein paar Luftlöcher gestochen hatte.

Ihre Großmutter war gegen Haustiere, weil sie zu viel Schmutz machten.

Marion hätte gerne einen Hund gehabt oder eine Katze, aber sie begnügte sich ersatzweise auch mit den Schnecken. Sie gab ihnen Namen und fütterte sie mit Salat; und in regelmäßigen Abständen veranstaltete sie Schneckenrennen. Dazu wurden sieben Schnecken nebeneinander aufgereiht. Die Startlinie war dort, wo die mit Steinen gepflasterte Terrasse in den schmalen Weg überging, der zum hinteren Teil des Gartens führte und als Ziel bestimmte Marion jene Stelle, an der eine Böschung steil bergab ging. Dort wurde das Grundstück auch nicht mehr gepflegt, sondern das wildwachsende Gras bot einen idealen Unterschlupf für Raupen, Schnecken, Maulwürfe und sonstiges Getier.

Wer zuerst die Böschung erreichte war Sieger und bekam zur Belohnung einen Halm Petersilie. Auch wurde die Siegerschnecke ausgiebig gestreichelt und Marion trug sie dann oft den Rest des Tages mit sich herum. Sogar in der Schule versteckte sie das Tierchen in ihrer Bekleidung und wenn sie sich im Unterricht langweilte, dann schlüpfte ihre Hand ganz von selbst in die Hosentasche und ihre Finger glitten versonnen über die glatten Windungen des Schneckenhauses.

Daheim musste Marion immer vorsichtig sein, denn es war schon einmal vorgekommen, dass die Großmutter Marions Lieblingsschnecke einfach in die Abfalltonne geworfen hatte.

Später an jenem Abend, während die Oma bei den Stiegler-Nachbarn zum Fernsehen eingeladen war, schlich Marion aus dem Haus und kletterte in die Mülltonne. Sie suchte lange und wühlte den ganzen Mist durch.

„Mimi, wo bist du? ... Mimi, das ist jetzt nicht lustig! Wenn ich dich nicht finde, wirst du sterben!", rief sie verzweifelt. Aber Mimi blieb verschwunden.

„Wieso stinkt es denn hier so?", fragte die Großmutter am nächsten Morgen und schnupperte misstrauisch an Marion herum.

„Wasch dich jetzt sofort, du Ferkel!", herrschte sie das Kind an. „Gott weiß, wo du dich wieder herumgetrieben hast! Und wenn man fragt, bekommt man ja keine Antwort. Aber weißt du, der liebe Gott sieht alles!!"

Zwei Tage später, tauchte Mimi wieder auf. Sie saß einfach auf der Innenseite des Mülltonnendeckels.

„Mimi!", rief Marion erleichtert, während ihr Herz einen Luftsprung machte.

Schnell verbarg sie das Tier in ihrer Hand und Mimi kroch die längste Zeit gut ausgeschlafen herum.

… Eine andere Freizeitbeschäftigung war: „Wolken schauen". Dazu suchte man sich eine schöne Stelle auf einer offenen Wiese, wo man den Himmel gut sehen konnte. Dann legte man sich im duftenden Gras auf den Rücken und beobachtete die Wolken. Man ließ seiner Fantasie freien Lauf und entdeckte immer neue Formen, in den luftigen, watteartigen Gebilden.

„Oh! Die dort sieht wie ein Häschen aus!", freute sich Marion. „Nur schade, dass ich es nicht streicheln kann … Oh! Aber dort drüben erst! … Da kommt ja ein Elefant …" Sie beobachtete, wie der Rüssel des Elefanten sich immer mehr verkürzte und seine Beine zunehmend dicker wurden.

„Jetzt ist es ein Drache! Oh! Und dort drüben kommen zwei Pferde geritten …"

Und dann plötzlich verwandelte sich eine dicke Wolke in lauter kleine Schäfchen, die vom Wind getrieben schnell davon liefen …

„Marion! … Marion!! … Herrschaft! Wie lange soll ich denn noch rufen!"

Marion hörte die Stimme der Großmutter wie aus weiter Ferne.

„Steh auf und komm rein! Was liegst du denn schon wieder den ganzen Tag im Gras herum und träumst! Mach dich lieber nützlich! Vergiss nicht: Müßiggang ist aller Laster Anfang!! Und wer nicht arbeitet, der soll auch nicht essen! Du kannst doch nicht schon wieder unserem Herrgott den Tag stehlen! Für rechtschaffene Menschen gibt es immer was zu tun."

Marion liebte Glaskugeln. Die ersten waren ein Geschenk von Tante Mariechen gewesen, den Großteil ihrer stattlichen Sammlung aber hatte sie im Kugelspiel gewonnen.
Dabei setzte jedes Kind anfangs eine Kugel an einen Platz seiner Wahl und dann wurden die Murmeln abwechselnd mit den Fingern angestoßen. Wer es zuerst schaffte, die Kugel des anderen mit der eigenen abzuschießen, war Sieger und durfte beide Kugeln behalten.

Die Blechdose mit den Schnecken und der Beutel mit den Glaskugeln waren zumeist im Seitenfach von Marions Schultasche versteckt.
Abends pflegte die Großmutter den Schulranzen zu kontrollieren, um dort nach Resten des Pausenbrotes zu fahnden. Dann übersiedelten Dose und Beutel kurzfristig unter Marions Bett.
„Du hast schon wieder dein Brot nicht aufgegessen! Du weißt doch, man muss ordentlich essen, sonst hat man keine Kraft. Wenn du nicht isst, wird nichts aus dir!! Die armen Kinderlein in Afrika, die haben nichts zu essen!! Die wären dankbar, wenn sie deine Jause hätten!!"

„Du kannst sie ihnen schicken!", schlug Marion kurzerhand vor.

„Werd jetzt nicht auch noch frech! Es ist immer das Gleiche mit dir!"

„Aber wirklich! Ich mag dieses Brot nicht! Und wenn die Kinder in Afrika das gerne essen, dann können sie mein Brot haben! Also schick es ihnen doch!"

„Ach du dummes Ding, das geht doch nicht. Wer soll denn dafür bezahlen, dass man das dorthin schickt!? Und außerdem wäre das ja verdorben, bis es dort ankommt! ... *Du* sollst es essen – und dankbar sein, dass du was zu essen hast!!"

Auf dem Heimweg von der Schule, streifte Marion immer noch eine Stunde im Wald herum. Sie liebte es, die unterschiedlichen Bäume, Moose und Farne zu betrachten und sie beobachtete die kleinen Tiere, die sich darauf tummelten. Sie liebte auch die Himbeeren, von denen es im Sommer reichlich gab, die Heidelbeeren, die in dieser Gegend selten waren und später im Jahr die Brombeeren, die noch bis weit in den Herbst hinein reiften. Sie aß gerne Sauerampfer und saugte das Süße aus den Blüten des Klees. Sie entdeckte auch, dass sich das Harz mancher Bäume in eine Art Kaugummi verwandelte, wenn man es nur lang genug kaute.

Dort im Wald, war Marion immer glücklich. Selbst ihre Hausaufgaben erledigte sie am liebsten, indem sie einen Baumstumpf als Tisch benützte und umgeben von Pilzen und Tannennadelgeruch, ihre Zeilen abschrieb und ihre Zahlen addierte.

Da sie zumeist bereits mit gemachten Aufgaben daheim ankam, hatte die Großmutter keinen triftigen Grund, sie nachmittags im Haus zu behalten.

Marion musste nur das Mittagessen hinter sich bringen und dann den Abwasch erledigen.

Danach wechselte sie schnell die Bekleidung und schlüpfte flink mit beiden Beinen gleichzeitig in ihre heißgeliebten Jeanshosen. Dann verließ sie das Haus wieder im Laufschritt. Erst ging es durch den Garten, dann die Böschung hinunter. Zuletzt über den Zaun und entlang der Bahngeleise zurück zum Wald.

Im Wald wohnten das Glück und die Freiheit.

Im Wald fand Marion auch den Eingang zu einem alten Bunker, der den Bewohnern der Ortschaft im zweiten Weltkrieg als Schutz vor Bomben gedient hatte. Jetzt war er verfallen und der Eingang dicht mit Gebüsch zugewachsen, so dass man ihn kaum mehr finden konnte. Marion richtete sich dort eine Höhle ein, die sie mit Moos weich austapezierte. Nur ihren besten Freunden erzählte sie von diesem Versteck. Mädchen oder Erwachsene, brachte sie nie dorthin.

Die Mädchen hätten sich ja doch nur gefürchtet.

Was ist ein Voyeur?

„Wer hätte das gedacht! Der Herr P. ist ein Voyeur!",
flüsterte die Nachbarin Marions Großmutter ins Ohr.
Und dabei leuchteten ihre Augen auf eine Art, die
das Interesse des Kindes weckte.

„Was ist ein Voyeur?", fragte Marion zuhause.

„Das braucht *du* nicht zu wissen!", entgegnete die
Großmutter. „Horch gefälligst weg, wenn Erwachse-
ne miteinander reden. Das ist alles nicht für deine
Ohren bestimmt! Aber *das* hörst du natürlich sofort.
Wenn du, so man dich ruft, auch so flott wärst beim
Zuhören, dann wäre es schön!"

„Was ist ein Voyeur?", fragte Marion am Abend ihre
Mutter.

„Ein Voyeur? Na ja, das ist jemand, der andere heimlich beobachtet."

„Also, so jemand wie Gott?", fragte Marion nach.

„Halt dein freches Mundwerk!", sagte die Großmutter und schlug nach ihrer Enkelin, die geschickt aus-
wich.

Marion spitzte die Lippen und hielt sie mit Daumen
und Zeigefinger fest.

„Was soll das, du sekantes Rabenvieh?"

„Ich halte meinen Mund! Du hast doch gesagt, ich
soll meinen Mund halten!"

„Du weißt ganz genau, wie ich das meine", entgegnete die Großmutter unwirsch. „Und wenn du nicht

sofort aufhörst mit dem Blödsinn, dann fängst du eine!"

Marion schwieg und dachte nach. Ein Voyeur war also jemand, der andere heimlich beobachtet …
„Der liebe Gott sieht alles!", sagte die Großmutter immer. „Er sieht es, wenn du heimlich von der Marmelade naschst!"
Irgendwie war es peinlich, zu denken, dass der liebe Gott wirklich alles sieht. Auch, wenn die Menschen zur Toilette gehen. Oder sich waschen.
Der liebe Gott interessiert sich für Kinderfinger, die in Marmeladetöpfen stecken oder in Schokosauce.
Selbst wenn die Großmutter es nicht merken sollte, dem lieben Gott entgeht das nicht; und dann bekommen die Kinder, in solchen Fällen, ihre Strafe direkt von ihm. Es regnet dann am Geburtstag, oder das Kaninchen stirbt; oder man bricht sich ein Bein.
Alles nur, wegen ein bisschen Marmelade.
Alles nur, weil der liebe Gott nichts Besseres zu tun hat, als nach diebischen Kinderfingern in Marmelade Ausschau zu halten. Der sollte mal lieber schauen, wie es in Afrika zugeht, wo arme Kinder sich freuen würden, über die Pausenbrote der Großmutter. Oder die Länder, in denen es Krieg gibt! Da hält sich der liebe Gott immer fein raus …

Aber der liebe Gott war eben nur ein Voyeur. Marions Meinung nach, war er der größte Voyeur von allen.

Der kleine Marder

Eines Tages entdeckte Marion in der Schulbücherei das Kinderbuch „Der kleine Marder".
Ein Waisenjunge lebte in einem Landgasthof, wo er von der Wirtin schlecht behandelt wurde. Aber dann fand er im Wald einen Babymarder, dessen Mutter von Jägern erschossen worden war. Timmi entschied sich das Junge zu retten und versteckte das Tierchen heimlich in seiner Kammer ...

Marion identifizierte sich augenblicklich mit dem Waisenjungen.
Sie beschloss, diese wunderbare Geschichte im wirklichen Leben weiterzuspielen. Die Großmutter war fortan die böse Wirtin, die es zu vermeiden galt. Und der ältere Mann, den sie manchmal im Wald traf, war der Förster aus dem Buch ...
Nur der Marder fehlte ...
Marion wusste recht gut, dass es in ihrem Wald keine Marder gab. Aber am Ende des Forstes, angrenzend an eine kleine Lichtung, lebte auf einem großen, abgezäunten Grundstück ein Reh. Als kleines Kitz war es verwaist im Wald gefunden worden und so hatte man es zunächst mit der Flasche aufgezogen. Als er dann irgendwann zu groß wurde, fürs Haus, übersiedelte der kleine Hansi in den Garten.
Dieses Reh kam Marion sehr gelegen und sie besetzte es mit der Rolle des Wildtiers.

Fortan hatte sie ein Leben, wie in einer Fortsetzung des Buches „Der kleine Marder".

„Das kleine Reh", hieß es und Marion versuchte, sich in so vielen Details wie möglich, an die Vorlage anzunähern.

Weil der Waisenjunge Timmi gerne Milch trank, liebte auch Marion plötzlich Milch, sehr zur Überraschung ihrer Großmutter. Denn bis zu diesem Zeitpunkt hatte sich die Oma immer darüber geärgert, dass Marion ihre Frühstücksmilch ungern trank und dabei ein angeekeltes Gesicht zog.

„Ich liebe Milch!", zitierte sie jetzt den Text aus dem Buch. „Und du solltest mir mehr Milch geben, damit ich groß und stark werde!"

„Na ja, Kind, allmählich geht dir doch noch der Knopf auf!", freute sich die Großmutter. „Ich hab' schon befürchtet, dass du für alle Zeiten so heikel bleibst. Trink nur, damit was wird aus dir. Man muss groß und stark werden, damit man ordentlich arbeiten kann. Sonst bleibt man ewig so ein Zniachterl, das zu nichts taugt."

Jeden Tag nach der Schule besuchte Marion von jetzt an das zahme Rehböckchen und allmählich gewöhnte sie sich daran, Hansi als *ihr* Reh zu betrachten. Sicher war ihr Liebling einsam, so ganz allein in seinem großen Garten. Die Menschen, die ihn dort eingesperrt hatten, waren ja gewöhnlich nur im Haus oder auf der angrenzenden Terrasse.

Anfangs lief das Reh immer fort und Marion überlegte, wie sie es anlocken könnte. Dann beobachtete sie, dass Hansi alle Himbeerblätter fraß, die er durch das Maschengitter erreichen konnte. Sofort brach sie einen langen Ast von einer Himbeerstaude ab und steckte ihn durch den Zaun. Hansi kam vorsichtig näher, so nahe, dass sie zum ersten Mal dem vorsichtigen, aber doch neugierigen Blick seiner feuchten, braunen Augen begegnete.

„Komm!", flüsterte sie. „Komm her! Das frisst du doch gerne!"

Und dann kam Hansi wirklich näher und zupfte mit vorgestrecktem Kopf das erste Blatt vom äußersten Ende des Himbeerzweiges.

Marion durchflutete ein Hochgefühl, wie sie es noch nie zuvor in ihrem Leben verspürt hatte.

„Ich habe ein Reh und es lässt sich schon von mir füttern", dachte sie glücklich.

Fortan brachte sie täglich Himbeerblätter für Hansi und sie achtete darauf, den Ast jeden Tag ein bisschen kürzer zu machen. Geduldig wartete sie, bis das Tier seine natürliche Scheu überwand …

Am Ende eines Monats, fraß das kleine Reh aus Marions Hand.

Wieder einige Wochen später, konnte sie Hansi das erste Mal anfassen. Er lief zwar sofort erschrocken weg, als er ihre Berührung spürte, kam aber innerhalb weniger Minuten wieder, um sich weitere Blätter zu holen. Und bald schon gewöhnte er sich an Marions Hand und ließ sich von ihr durch das Gitter streicheln.

Einmal kletterte Marion auch über den Zaun.

Unten vor dem Haus war ein großer, schwarzer Hund an der Kette, der augenblicklich anschlug. Marion dachte an das Schild:

„Achtung bissiger Hund!
Betreten des Grundstücks verboten!“,

das sie neben dem Eingang gesehen hatte und sie hoffte innständig, dass der Mann den Hund nicht von der Kette lassen würde.

Vorsichtshalber versteckte sie sich schnell in einem Gebüsch, ganz in der Nähe des Zauns:

„Der Hund würde aber das Reh erschrecken“, ging es ihr dann durch den Kopf.

„Was gibt´s Bello?“, hörte sie den Hausherrn fragen, dessen dunkler Umriss sich auf der Terrasse abzeichnete.

„Ach Grete, es ist nichts!“, rief er seiner Frau zu, die forschend den Kopf zum Fenster heraussteckte.

„Vermutlich riecht er nur irgendetwas im Wald oben. Vielleicht einen Hasen! Ich komm jetzt wieder rein, weil es ist kalt!“

Fortan ging Marion immer auf Nummer sicher, bevor sie über den Zaun kletterte. Sie schlich zunächst unten am Haus vorbei und sah nach, ob das Auto der Familie da war. Denn der kleine Opel wurde zumeist nur für weitere Wege in die nächste Kreisstadt benützt, wo dann die ganze Familie für geraume Zeit zum Einkaufen unterwegs war. Dann kletterte Marion flink über den Zaun, um mit Hansi, ganz ohne störende Trenngitter, Zärtlichkeiten auszutauschen. Sie liebte den erdigen Geruch des Tieres und seine glänzende Schnauze, mit der es sie schon bald auch anstupste.

„Hansi, mein Liebling!", flüsterte Marion oft zärtlich. „Ohne dich wäre das Leben überhaupt nicht schön!"

Der Mann mit dem Dackel

Der Spaziergänger mit dem Dackel, dem Marion die Rolle des Försters zugedacht hatte, unterhielt sich oft mit ihr. Ganz so, wie auch der Junge im Buch mit seinem Förster, lange, vertrauliche Gespräche führte.

Marion verfolgte ihn oft heimlich, so wie auch der Junge im Buch alle beobachtete, die sich im Wald aufhielten. Sie lernte, genau wie ihr Vorbild Timmi, geradezu lautlos über den unebenen Waldboden zu gleiten. Im Schutz der dichten Himbeerbüsche beobachtete sie alles, was geschah, während sie selbst unbemerkt blieb. Und so, wie sie es von den Waldtieren gelernt hatte, bewegte sich auch Marion immer abseits der befestigten Wege.
Den spärlichen Spaziergängern jedoch, wurden die Rollen von Eindringlingen zugedacht, die es sorgfältig zu überwachen galt, bis sie den Wald wieder verließen.

Der Mann mit dem Dackel aber kam jeden Tag, insofern hatte er sich eine Hauptrolle verdient.
Marion beobachtete ihn zumeist eine Zeitlang, wie er mit seinem Hund einherschlenderte. Sie belauschte seine Selbstgespräche, während der alte Dackel langsam und gemächlich auf seinen kurzen Beinen hinterherwackelte.

Bei einer einsamen Bank, die einige Meter vom Weg entfernt und ganz von Himbeersträuchern überwuchert war, machte der alte Mann gewöhnlich Rast. Er holte dann zunächst seine Pfeife aus der wildledernen Umhängtasche, die er immer dabei hatte und begann umständlich, sie zu stopfen. Dann entzündete er langsam und bedächtig den Tabak, schloss genüsslich die Augen und tat einen tiefen Zug. Dies war der Moment, in dem Marion zumeist aus ihrer grünen Deckung hervortrat.

„Na, du kleiner Strolch! Wo kommst denn du wieder her? Ist die Schule schon aus?"

„Ja, schon lang. Darf ich den Waldi streicheln?"

„Na klar, du schon, dich kennt er ja. Aber du weißt ja, der Waldi ist schon ein alter Herr und hat seine Launen. Nicht ärgern und nicht an der Schnauze angreifen. Das mag er gar nicht und dann schnappt er auch manchmal."

„Ja, ich weiß", sagte Marion.

...

Plötzlich knackten einige Äste im Gebüsch. Dann hörte man ein Kichern ... ein Flüstern ... ein Lachen.

„Pssst!" flüsterte der „Förster" und legte seinen Zeigefinger senkrecht vor die Lippen ... Mit der einen Hand zerrte er den Hund zwischen seine Beine, mit der anderen zog er Marion am Ärmel näher zu sich.

„Sieh mal, das junge Pärchen da drüben! Die kommen manchmal hierher ..."

„Nein, lass das, nicht so schnell!!"

Das junge Mädchen stieß seinen Begleiter zurück.

„Nur küssen", sagte sie sanft und warf ihren Kopf mit den langen, blonden Haaren neckisch in den Nacken zurück. Der junge Mann beugte sich nach vorne und biss sie spielerisch in den Hals.

„Spinnst du total!? Wehe, wenn man da jetzt was sieht davon! Wie soll ich denn das meiner Mutter erklären!?"

„Ach komm, sei nicht so! Du magst mich doch! Oder? Magst mi nimmer?"

„I mag di schon, aber du bist so a Depp!"

„Geh komm, küss mich doch einfach!"

Er legte den Arm um sie und sie kuschelte sich an seine Brust.

„Na bitte", sagte er, „so gefällst du mir schon viel besser …"

Dann streichelte er lange Zeit die blonden Haare des Mädchens und küsste sanft und vorsichtig ihre Hände, ihre Stirn und zuletzt ihren Mund. Eine Zeitlang küssten sie sich und Marion konnte das schmatzende Geräusch ihrer Küsse deutlich hören. Ihre Empfindungen schwankten zwischen Ekel und Neugier und sie fand das Mädchen doof. Dieses dämliche Gekicher und Getue. Marion konnte nicht verstehen, was der Mann an dem Mädchen fand. Die blonde, junge Frau hatte die Knöpfe ihrer Bluse so weit offen, dass der Junge ihr das Kleidungsstück mühelos von den Schultern streifen konnte. Das Mädchen kicherte wieder und sagte:

„Nein! Nicht jetzt! Wir müssen doch gleich zurück zur Arbeit!" Aber sie ließ sich viel Zeit damit, ihre Bluse wieder hochzuziehen und Marion konnte deutlich sehen, wie sich die prallen Brüste durch den leichten Spitzen-BH abzeichneten. Dabei wiegte sie ihren Oberkörper verlockend hin und her und lächelte ihn an. „Sag, findest du mich schön?", fragte sie eitel und atmete tief ein, damit sich ihre Brüste noch weiter nach vorne wölbten. Dann schob sie den einen Träger des BHs nach unten und entblößte einen Moment lang ihre rechte Brust. „Findest du mich schön?", fragte sie noch einmal eindringlich.

„Zieh den BH ganz aus, dann sag ich's dir!"

„Das würde dir so passen!" Schnell zog sie den Träger wieder hoch.

„Hab dich nicht so!", sagte er, lachte verwegen und fasste ihr keck an die Brust!"

„Spinnst!? Du tust mir ja weh!" Das Mädchen gab dem Jungen eine schallende Ohrfeige, knöpfte ihre Bluse zu und drehte ihre Haare zu einem Knoten.

„Hahahaha!", kicherte der alte Mann mit dem Dackel genüsslich vor sich hin. „Da schaust du, mein kleiner Waldstrolch, das ist besser als Fernsehen! Die kommen manchmal hierher, immer um die gleiche Zeit, in ihrer Mittagspause und sie sind sehr achtlos und nur mit sich selbst beschäftigt. Die haben keine Ahnung, dass wir auch hier sind … Und wenn du schön leise bist und nicht störst, darfst du ruhig neben mir sitzen und zusehen. Da kannst du was lernen für das spätere Leben! Aber niemandem sagen!! Verstehst du? Das ist wichtig! Weil sonst gibt es Ärger! Tut ja niemandem weh, dass wir hier zuschauen … Wenn die so blöd sind, dass sie hier rummachen, sind sie wirklich selber schuld! … Anständige Leute machen sowas zuhause … Und ich geb' dir auch einen Schilling dafür, dass du nichts weitererzählst! Und das nächste Mal kannst du wieder einen Schilling haben! Kann man doch immer brauchen, oder? Geh und kauf dir auf dem Heimweg einen Kaugummi beim Automaten."

Marion hatte ein schlechtes Gewissen, aber sie nahm den Schilling an. Den ersten von vielen Schillingen.
Auf dem Heimweg machte sie einen Umweg zum Gasthaus Meier, weil es dort den besten Kaugummiautomaten gab. Daneben war auch noch ein neuer Automat mit kleinen Kreiseln aus Plastik, in denen ein rundes Stück Traubenzucker verpackt war. Diese Kreisel sammelte Marion seit kurzem, aber sie hatte viel zu selten Geld übrig für solch „unnützen Tand", wie die Großmutter das nannte; und auch ihre Mutter schimpfte häufig, sie wolle ihr Geld nicht zum Fenster hinaus werfen und es sei unrecht, wie diese Automatenbetreiber die ewige Gier der Kinder nach Süßem ausnützten.
Marion betrat die düstere Gastwirtschaft. Sie ging am Flipper und am Billardtisch vorbei nach hinten, wo der Automat stand. Sie steckte das Geld in den silbernen Schlitz und versuchte, die Maschine durch ihre Gedanken zu beeinflussen. „Ich will den Grünen", wünschte sie und drehte den Riegel nach rechts. Marion hörte, wie das Geld fiel und dann das dumpfere Geräusch, welches das Herabfallen des Kreisels anzeigte. Einen Moment lang wartete sie noch und versuchte sich vorzustellen, dass der Krei-

sel grün sei. Zaghaft sah sie nach und ihr Herz klopfte vor Aufregung. Und dann machte sie einen Luftsprung! Es war wirklich der grüne Kreisel. Begeistert probierte sie ihn sofort auf einem der Tische aus, aber er bewegte sich zunächst etwas schwerfällig, weil ja der Traubenzucker noch drinnen war.

„Na du! Solltest du nicht längst zuhause sein?", fragte der Kneipenbesitzer. „Nicht, dass deine Großmutter sich ärgert und dann vielleicht noch kommt und mir hier einen Aufstand macht. Geh jetzt! Kinder haben allein nichts in Gastwirtschaften verloren!"

Inzwischen war es dunkel und Marion eilte nachhause. Sie nahm eine Abkürzung durch jenen schmalen Verbindungsweg, der hinter der Gastwirtschaft von der Kirche zum Kindergarten führte und in dem der Wind immer scharf und unangenehm pfiff. Sie erinnerte sich, wie sie als kleines Kind täglich durch diese enge Passage in den Kindergarten geführt worden war, an der festen Hand der Großmutter, die sie unbeirrbar vorwärts zog … Marion hatte diesen Durchgang immer schon gehasst, weil der Wind, der sich dort fing, ihr Ohrenschmerzen verursachte.

„Mach doch, dass der Wind aufhört!", hatte sie ihre Großmutter verzweifelt angeschrien.

„Du dummes Ding, wie soll ich denn das machen?", hatte die Großmutter dann zumeist geantwortet.

Marion war sich damals ziemlich sicher gewesen, dass ihre Oma, wenn sie es nur wirklich gewollt hätte, den Wind hätte aufhalten können. Das konnte doch für einen erwachsenen Menschen nicht so schwierig sein. Für jemanden, der mit ein bisschen weißem Pulver bewirken konnte, dass Tiere tot umfielen, musste es doch eine Kleinigkeit sein, irgendwie den Wind aufzuhalten … Zumindest erwartete Marion *damals*, dass ein erwachsener Mensch so etwas schon können sollte … Inzwischen wusste sie es besser …

Als sie sich jetzt im Halbdunklen durch den engen Gang tastete, beschlich sie ein klammes Gefühl. Das ärgerte sie beträchtlich, denn sie wollte keine Angst haben. Schließlich war sie schon groß. Im Licht der Laterne sah sie, dass ein Mann auf sie zukam. Sie sah, wie er, ganz offensichtlich betrunken, schwankte; dabei lallte er irgendetwas vor sich hin. Marion versuchte ihm auszuweichen und sie empfand Ekel, als sie seinen Atem roch.

„Hallo!", rief der Betrunkene und hob dabei seinen Arm in ihre Richtung. Marion nahm all ihren Mut zusammen, hielt den Atem an und huschte gebückt unter der großen, ungepflegten Hand, die nach ihr zu fassen versuchte, durch. Dann rannte sie so schnell sie konnte nachhause.

„Wo hast du dich diesmal wieder herumgetrieben? Bist ja komplett verschwitzt!", sagte die Großmutter misstrauisch.

„Kindchen, wir machen uns doch Sorgen!!", fügte die Mutter vorwurfsvoll hinzu. „Wo warst du denn so lange? Du sollst doch der Oma folgen und immer bevor es dunkel ist zuhause sein!! Bitte mein Liebling, versprich mir, dass du in Zukunft brav bist. Du weißt doch: Wenn du brav bist, dann hab' ich dich lieb!"

„Lass doch dieses schwachsinnige Gedudel!", sagte die Großmutter gereizt. „Die braucht nur ein paar ordentliche Watschen!! Geh mir nicht auf die Nerven mit deinem Getue. Und schleck das Kind nicht dauernd ab. Dieses ganze neumodische Theater mit den Kindern, dieses ständige ‚Bussi hin und Bussi her' ist ein Blödsinn. Damit machst du dich doch nur abhängig! Und wovon? Von der Zuneigung eines Kindes!! Sonst noch was!! Das tut kein gut, so viel ist sicher!!"

Marion beschloss, nichts von diesem Nachmittag zu erzählen.

Nicht davon, dass ihr „Förster" im Wald, ein Voyeur war ...

Darüber sprach sie wohl besser nicht –

Auch nicht davon, dass er ihr Geld gegeben hatte ...

Das durfte mit Sicherheit niemand wissen –

Und sie entschied, auch für sich zu behalten, dass es möglich war – so man sich gut genug konzentrierte – die Farbe des Kreisels, der aus dem Automaten kam, selbst zu bestimmen! Weil vielleicht funktionierte das ja nicht mehr, sobald man es weitererzählte ...

„Ich war bei meiner Freundin", log sie, „und wir haben gespielt und dann ist die Zeit so schnell vergangen. Aber ich werde nächstes Mal besser aufpassen, dass ich die Uhrzeit nicht übersehe. Versprochen!"

„Geh und wasch dich! Aber ordentlich! Und dann ab ins Bett! Und dass ich nichts mehr höre! Verstanden?!"

„Ja, gute Nacht!"

Marion war jetzt allein in ihrem Zimmer. Sie holte den neuen Kreisel aus der Tasche und drückte ihn an ihre Brust. Zunächst schraubte sie den Unterteil ab und aß den Traubenzucker. Er schmeckte zwar anfangs etwas zu mehlig, war aber trotzdem angenehm süß. Und nach ein paar Minuten schmolz er auf der Zunge.

Marion baute die zwei Teile wieder zusammen und probierte den Kreisel aus. Er funktionierte gut und drehte lange und elegant seine Runden auf der glatten Schreibtischplatte.

… „Ist denn da oben jetzt immer noch das Licht an?! Wenn ich in einer Minute noch irgendwas sehe oder höre, komme ich hoch und dann Gnade dir Gott!", hörte Marion plötzlich die Großmutter schreien.

„Schlaf schon endlich und beten nicht vergessen!", rief die Mutter.

Marion löschte das Licht. Sie schlief ein, mit einem süßen Geschmack im Mund und mit einem grünen Kreisel in der Hand.

Warum muss man arbeiten?

„Warum muss man arbeiten?", fragte Marion ihre Großmutter.

„Was ist denn das jetzt schon wieder für eine dumme Frage!!" Die Großmutter schüttelte entrüstet den Kopf. „Wovon willst du denn leben, wenn du nicht arbeitest? Das steht doch schon so in der Bibel!! Wer nicht arbeitet, der soll auch nicht essen!!"

„Ja, aber die Tiere, die arbeiten doch auch nicht und sie haben trotzdem zu essen. Die finden ihr Essen im Wald und auf den Feldern!!", konterte Marion.

„Ja Kind, aber du bist doch kein Viech!! Es wird Zeit, dass du das kapierst! Du streunst viel zu viel im Wald herum und das tut kein gut!"

„Mutti, ich will nicht, dass du ständig so viel arbeiten gehst!", meinte Marion am Abend zu ihrer Mutter. „Ich will, dass du immer zuhause bei mir bleibst! Die Oma ist böse …", fügte sie weinerlich hinzu und kuschelte sich eng an ihre Mutter. Die saß gerade auf dem kleinen, abgewohnten Sofa in der Küche und nahm ihr Abendbrot zu sich.

„Ach Kind, das wäre schön!", meinte sie müde. „Aber das geht halt nicht, man muss arbeiten, damit man sich was zu essen kaufen kann."

„Ich kann weniger essen!", bot Marion an.

„Man muss arbeiten!!", sagte die Mutter mit Nachdruck. „Und man muss auch essen!"

„Aber die Mütter von den anderen Kindern arbeiten doch auch nicht. Die sind immer zuhause", sagte Marion vorwurfsvoll, „nur du bist nie da!"

„Ja, aber die haben eben einen Papa, der arbeiten geht und wir nicht."

„Und warum haben wir keinen Papa?"

„Das weißt du doch, weil wir geschieden sind."

Marion schwieg und überlegte eine Zeitlang. Dann sagte sie:

„Es stimmt gar nicht, dass man arbeiten muss. Schau mal, die Tiere, die arbeiten auch nicht!! Die laufen nur den ganzen Tag im Wald herum und dabei finden sie alles, was sie brauchen ..."

„Ach Kind!", sagte die Mutter erstaunt und gerührt, „Was du immer für Vorstellungen hast! Irgendwie hast du ja recht, aber du bist kein Tier, verstehst du. Du bist ein Mensch und Menschen müssen arbeiten. Das steht schon so in der Bibel: Im Schweiße deines Angesichtes, sollst du dir dein Brot verdienen. Aber komm, reden wir von etwas anderem. Was wünschst du dir eigentlich zu Weihnachten?"

„Einen kleinen Bruder!", sagte Marion wie aus der Pistole geschossen.

„Ach, doch nicht schon wieder das!", entgegnete die Mutter seufzend und verdrehte die Augen. „Du weißt doch, dass das nicht geht! Dazu braucht man einen Papa! Das hab' ich dir doch alles schon erklärt! Also, was wünschst du dir?"

„Einen Papa!"

„Komm, jetzt hör auf!! Du sollst dir etwas Richtiges wünschen: ein Spielzeug oder ein Buch oder einen Pullover!"

„Ich wünsche mir was Richtiges!", entgegnete Marion überzeugt. „Sieh mal, wenn wir erst einen Papa haben, dann musst du nicht mehr arbeiten und ich bekomme einen Bruder!!"

„Ach Kind, das geht alles nicht so, wie du glaubst", sagte die Mutter irritiert. „Geh jetzt was spielen, ich bin müde."

„So ein Kind sieht die Dinge ganz anders, als ein Erwachsener! Irgendwie ursprünglicher …", meinte die Mutter später am Abend nachdenklich zur Großmutter.

„Wieso?"

„Weißt du, heute hat mich die Marion gefragt, warum man arbeiten muss … und dann sagt sie so Dinge, wie, dass die Tiere doch auch nicht arbeiten und auf irgendeine Weise hat sie ja Recht! Ich gäbe was darum, wenn ich mehr bei meinem Kind bleiben könnte!"

„Da hättest du dich besser um deinen Mann kümmern müssen", entgegnete die Großmutter harsch. „Dann wäre er dir wohl nicht mit einer älteren Frau davon! Peinlich ist das alles! Was glaubst du, was die Leute im Ort alles über uns reden! … Und hör auf, dieses dumme Gerede von dem Kind auch noch irgendwie niedlich zu finden. Das ist ein Kind und das redet halt irgendwelchen Quatsch! Weil es die Dinge noch nicht besser versteht! Aber das geht so nicht weiter! Mir wird das alles schon zu viel und das Kind wird auch immer frecher. Du hast ja gut reden; Du sitzt den ganzen Tag im Büro an deinem Schreibtisch, während ich die ganzen Dreckarbeiten machen kann. Schlepp mal selbst die Einkäufe nachhause! Dann wirst du sehen, wie das ist, wenn man ein kaputtes Kreuz hat. Steh mal in der Küche am heißen Herd und koche stundenlang. Und dann der Abwasch und das Putzen! Du machst ja noch nicht einmal dein Bett selber! Und kannst du vielleicht kochen? Eine Schande ist das, wenn eine Frau in deinem Alter nicht mal ordentlich kochen kann! Kein Wunder, dass dich keiner nimmt. Und mit dem Balg sowieso nicht! ... Aber so ein Kind braucht eine harte Hand! Sonst wird da nichts Vernünftiges draus ...

Und du bist kein gutes Beispiel! Immer diese Zigaretten! Die Vorhänge stinken alle schon danach und ich kann sie nicht ständig waschen! Was glaubst du, wie das wieder ins Kreuz geht! ... Und dann diese langen, lackierten Nägel! ... Als ob du in irgendeiner Leiche herumgewühlt hättest! Ekelhaft sieht das aus! Und sowas auch noch neben einem Kind! ... Ach ja! Dein Vater hätte nicht so früh sterben dürfen! Wenn der noch leben würde, dann wäre alles anders! ... Der würde hier schon nach dem Rechten sehen! ... Zwei Frauen alleine, das tut eben kein gut ... Aber so oder so, du darfst den Spinnereien von dem Kind nicht so viel Bedeutung beimessen. Du musst vielmehr dafür sorgen, dass du ihr den Kopf geraderückst, denn das geht so nicht weiter. Ständig dieses Herumgestreune im Wald! Du solltest mal sehen, wie diese Hose jedes Mal aussieht. Alles voller Dreck und Ungeziefer!"

Marion lag inzwischen im Bett und versuchte einzuschlafen. Da das Haus recht hellhörig war, hatte sie die Unterhaltung der beiden Frauen größteils mitangehört ...

„Ich hasse meine Großmutter", dachte sie. „Ich will, dass sie stirbt!"

Sie stellte sich vor, dass ihre Mutter eine wunderschöne Prinzessin sei und die Großmutter ein böser, alter Drache, der diese gefangen hielt. Sie selbst war nur ein kleiner Knappe, aber eines Tages würde sie ein großer, starker Ritter sein, der die arme Prinzessin befreite ...

... Oder vielleicht würde sie, wenn sie erst einmal alt genug war, fortgehen und irgendwo in den Wäldern leben ...

„Im Böhmerwald kann man sich leicht verlaufen, weil er so groß ist, dass man weder den Anfang noch das Ende sehen kann", erzählte die Großmutter manchmal warnend ... Vielleicht war das eine Möglichkeit. Sie würde einen Ausflug in den Böhmerwald machen und nicht zurückkehren ... Und dann würde sie für immer dort leben ... Dann könnte sie den ganzen Tag im Wald herumlaufen und dabei alles finden, was sie zum Leben benötigte. Ein schönes, freies Leben wäre das! Ohne ständiges Geschrei im Hintergrund, ohne ständiges schlechtes Gewissen ... Es war nicht zwingend nötig, zu arbeiten. Im Frühsommer konnte man sich von Himbeeren und Sauerampfer ernähren. Und später von Brombeeren und Klee; von den umliegenden Feldern würde sie ein paar Maiskolben stibitzen und aus den verwilderten Gärten einiger unbewohnter Häuser, Äpfel, Birnen und Zwetschken. Das schmeckte ihr ohnehin viel besser, als die Mahlzeiten der Großmutter ... Dazu war es möglich, Pilze zu sammeln und für den Winter zu trocknen. Sie würde sich einen Vorrat an Nüssen anlegen, so wie es die Eichkätzchen taten und im Winter würde sie in einer Höhle schlafen. Selbst hier im Ort war das möglich ... Da war ja der alte Luftschutzbunker! Das war sicher ein guter Platz für den Winterschlaf ...

Der Staubsauger

Nicht jeder Haushalt hatte damals einen Staubsauger, aber dafür etwas, das umgangssprachlich Pracker hieß. Es handelte sich dabei um einen Teppichklopfer aus geflochtener Weide, der dazu diente, den groben Staub aus Teppichen zu entfernen.

Wenn der Pracker gerade nicht in Verwendung war, hing er gut sichtbar neben der Tür, die in den Garten führte.
„Gleich kommt der Pracker!", pflegte die Großmutter zu sagen. „Gleich kommt er und verprügelt dich, wenn du nicht sofort aufhörst!"
Der Teppichklopfer war damals eine recht beliebte und allgemein übliche Erziehungshilfe. Gut eingeführt und gut platziert, genügte oft schon eine leise Warnung und ein erhobener Zeigefinger, der auf den Pracker an der Wand zeigte und die Kinder folgten.
„Ja, ja! Wer nicht hören will, muss fühlen!", pflegte die Großmutter immer zu sagen.
Lange Zeit hatte Marion Angst, allzu knapp an der Wand vorbeizugehen, an welcher der Pracker hing. Sie befürchtete, er könnte sich eigenständig auf sie stürzen und sie bestrafen. Wofür auch immer! Denn zu allen Zeiten und an jedem Tag, gab es offene Rechnungen und ungesühnte Verstöße gegen die Regeln der Großmutter. Und selbst, wenn Marion sich einmal keiner Schuld bewusst war, was ohnehin selten vorkam, gab es da immer noch verborgene

und unbewusste Sünden und Nichtwissen schützte ja bekanntlich vor Strafe nicht.

Die Großmutter war äußerst zufrieden mit der psychologischen Wirkung des Prackers. Die funktionierte fast noch besser als die Drohung mit dem schwarzen Mann oder mit dem Krampus.

Denn der Krampus stand nur einmal jährlich zur Verfügung, wenn er den Nikolaus in die Schule und in den Kindergarten begleiten durfte. Und diese Kinder hatten ja leider ein kurzes Gedächtnis. „Aus den Augen, aus dem Sinn".

Der Pracker hingegen war immer da und jederzeit für einen Einsatz bereit.

So war die erste verdutzte Bemerkung der Großmutter, als sie zu Weihnachten von ihrer Tochter einen Staubsauger geschenkt bekam:

„Mein Gott, was soll das noch werden mit dieser Welt! Wenn sich das durchsetzt, dann werden die womöglich eines Tages gar keine Pracker mehr produzieren und womit soll man dann die Kinder in Schach halten! Womit soll man sie bestrafen! Ein Mann hat ja zumindest einen Gürtel in der Hose, den er bei Bedarf verwenden kann, aber als Frau ist man arm dran. Und überhaupt als Frau alleine!"

Nachdem sie den Staubsauger gründlich getestet hatte, gab die Oma zu, dass er den Staub vorbildlich bekämpfte. So gut, wie noch nichts anderes je zuvor. Nur mit dem gröberen Dreck hatte das Gerät so seine Schwierigkeiten. Es war zum Beispiel nicht in der

Lage, am Boden liegende Fusseln vom Teppich aufzunehmen, da diese zu sehr klebten. Das war natürlich lästig, wenn man da drei oder vier Mal über so eine Fluse drüberfuhr und dann war sie immer noch da. Jedoch wurde für dieses Problem sehr bald eine gut funktionierende Lösung gefunden. Marion musste vor dem Staubsauger am Boden einherkriechen und ihm die Fusseln vom Boden lockern, damit er sie besser aufnehmen konnte. Sie stellte sich dabei immer vor, ein hungriges, knurrendes Tier zu füttern, denn so machte es mehr Spaß.

„Komm schon Saugi! Friss diesen langen Zwirnfaden! Das ist ein Braver! Und jetzt noch diese dicken Fusseln … Warte, die muss ich mit den Fingernägeln abkratzen … Mmh, die schmecken dir sicher ganz besonders gut!!"

„Halt den Mund und tu weiter!", rief die Großmutter laut, um das brummende Geräusch des Motors zu übertönen. „Das Ding ist schwer in der Hand, ewig kann ich das nicht halten. Also spiel da nicht rum, sondern mach flott. Ich will fertig werden!

… Verflucht! Jetzt bricht der Dreck auch noch in der Mitte auseinander! Und alles nur, weil deine Mutter ihn nicht ordentlich zusammengesteckt hat! Da geh her und mach du das! Aber flott! Ich seh' ja nichts und außerdem kenn ich mich mit dem neumodischen Kram nicht aus … Wegen mir hätten wir das Ding ja nicht gebraucht!"

Marion füllte den Staub mit bloßen Händen in das Gerät zurück und versuchte die zwei Gehäuseteile ineinanderzustecken.

„Ich glaub', da ist was abgebrochen!", sagte sie dann.
„Das warst sicher du! Na warte, ich werd' dir gleich ein paar Ohrfeigen geben und wenn du dann immer noch frech bist, kommt der Pracker!! Weil den behalten wir definitiv für dich! Und ich werd' demnächst ein paar extra Pracker auf Vorrat kaufen, nur für den Fall, dass sich das neumodische Zeugs durchsetzen sollte und es plötzlich irgendwann gar keine Pracker mehr zu kaufen gibt! Ja, ja, ich war zwar nicht so lang' in der Schule, aber ich bin nicht blöd …
Hol jetzt schon endlich das Tixo und kleb' die Teile damit fest! … Man muss sich immer zu helfen wissen…
… Ja, ja! Und man muss immer alles einlagern, was man irgendwann noch brauchen könnte! Und am besten immer der Zeit voraus sein …"

In einem Buch las Marion über die Pest im Mittelalter. Da war ein ganzes Dorf an dieser fürchterlichen Krankheit verstorben und nur ein Kind hatte überlebt. Das irrte nun verzweifelt an den Leichenbergen vorbei, die überall herumlagen, weil keiner mehr da war, sie zu verbrennen.

Marion hatte panische Angst vor der Pest.

„Was machen wir, wenn die Pest wieder ausbricht?", fragte sie ihre Mutter.

„Aber Kind, die Pest gibt es jetzt nicht mehr. Zumindest nicht bei uns. Das war im Mittelalter und das ist schon endlos lange her. Wegen den unhygienischen Lebensbedingungen war das. Weil die Leute damals ihre Nachttöpfe auf die Straße gekippt haben und weil alles voller Ratten war. Die Ratten haben dann die Pest übertragen durch ihre Flöhe. Deshalb ist Hygiene so wichtig, weil aus dem Dreck kriecht das Ungeziefer und das bringt alle möglichen Krankheiten."

„Aber es gibt immer noch Ratten! Also wird auch die Pest wiederkommen! Und was machen wir dann?"

„Nein, es gibt keine Pest mehr!"

„Aber wenn doch? Was wirst du tun, wenn ich die Pest bekomme? Ich habe Angst, dass du dann wegläufst und ich ganz alleine bin!!"

„Ich würde dich nie verlassen!"

„Aber du bist ja jetzt schon nie da! Stell dir vor, ich bekomme die Pest, während du im Büro bist. Die bringen mich doch sofort weg ... irgendwohin, wo sie mich wahrscheinlich verbrennen, während ich noch lebe, damit ich niemanden mehr anstecken kann! Und wenn du heimkommst, bin ich weg! Und was soll ich denn machen, wenn du die Pest bekommst und stirbst? Wenn alle im Dorf sterben. Dann bin ich ja ganz allein und überall liegen furchtbar aussehende Leichen herum. Von der Pest bekommt man große, schwarze Geschwüre, die dann zuletzt aufbrechen und furchtbar stinken ... Ich hab' Angst!!!"

„Ach Kind, du hast zu viel Fantasie!! Vergiss die Pest! Es gibt inzwischen auch Medizin dafür, glaub' ich ... Aber, wie gesagt: Es gibt keine Pest mehr, das war vor langer, langer Zeit ..."

Vor langer, langer Zeit ... so begannen auch die Märchen. Und dann wurde ein kleines Brüderchen in ein Reh verzaubert, nur weil es Durst hatte und aus einer Quelle trank. Vielleicht war ja ihr Reh Hansi auch verzaubert ... Vielleicht hatte sie irgendwo einen Bruder, von dem sie nichts wusste und der war in dieses Reh verzaubert worden ... Und jetzt hatten sie sich wieder gefunden ... Vielleicht war Hansi deshalb so zutraulich ihr gegenüber ... Sie hatte auch schon aus Quellen getrunken, beim Wandern mit Tante Mariechen. Bis jetzt war das zum Glück immer gut gegangen. Aber vielleicht würde auch sie eines Tages verzaubert werden, wenn sie durstig aus einer dieser Quellen trank ...

„Mutti, was passiert, wenn ich in ein Tier verwandelt werde? Die Großmutter mag doch keine Tiere! Jagt ihr mich dann fort?"

„Aber Kind, sowas passiert doch nur im Märchen! Und Märchen sind nur erfunden."

Marion dachte nach. Märchen waren nur erfunden! Das war ein Argument. Aber solche Dinge passierten nicht nur im Märchen, sondern auch in der Heiligen Schrift. Und die Bibel war nicht erfunden. Die Bibel war die Wahrheit. Das hatte sie im Religionsunterricht gelernt. Und auch in der Bibel wurde eine Frau in eine Salzsäule verwandelt, nur weil sie sich umgedreht hatte, um noch einmal einen letzten Blick auf ihre zerstörte Heimatstadt zu werfen. Auch in der Bibel gab es ständig furchtbare Krankheiten, ähnlich der Pest. Vielleicht sogar noch schlimmere …

Überhaupt war die Bibel voll von furchtbaren Strafen. Und der liebe Gott war zumeist gar nicht lieb! Er war ein grausamer Tyrann! Er liebte immer nur einen kleinen Kreis von Menschen, den anderen tat er furchtbare Dinge an; ließ sie durch Schlangenbisse sterben oder 40 Jahre in der Wüste herumirren, bis sie verreckten. Mal ertränkte er die ganze Menschheit durch Fluten, dann wieder strafte er sie durch Kriege und Hungersnöte. Und nach dem Tod wartete ja auch noch die Hölle! Wenn man eine Sünde beging und dann starb, bevor man Gelegenheit hatte, zu beichten, dann kam man auf immer und ewig in die

Hölle! Und es gab kaum etwas, das keine Sünde war. Insofern konnte man sehr leicht in der Hölle landen. Für immer und ewig und von Ewigkeit zu Ewigkeit ...

„Komm Kind, geh jetzt endlich schlafen und denk an was Schönes!" sagte die Mutter.
„Nein, ich will nicht schlafen gehen", rief Marion „Ich bin auch noch gar nicht müde!"
„Komm! Keine Widerrede jetzt!"
„Kommst du noch mit?"
„Na gut ... und ich bete auch noch mit dir!"
Marion faltete die Hände:

Mein Herz ist klein,
darf niemand hinein,
nur du,
mein liebes Jesulein.

Zuletzt machte die Mutter noch drei kleine Kreuzchen auf ihr, eines auf der Stirn, eins auf dem Mund und eins auf der Brust.
„So, jetzt beschützt dich das Jesulein", flüsterte sie und verließ dann den Raum.

In der Nacht schrie Marion im Schlaf.
„Was ist denn, Kind? Wach auf! Es ist doch nur ein Traum!"
Die Mutter versuchte verzweifelt, Marion wachzurütteln.

„Was hat sie denn jetzt schon wieder? Dieses Kind ist nicht normal!!", meinte die Großmutter, die ebenfalls herbeieilte. „Ständig dieses Theater! Man wird ja selbst schon ganz grantig, weil man keine Nacht ungestört durchschlafen kann."

„Sie träumt wohl schlecht, da kann sie ja nichts dafür!!" Die Mutter schüttelte Marion wieder ... „Marion! Wach doch auf! Es ist nichts!"

Nur in den seltensten Nächten gelang es, Marion zu wecken. Sie saß dann mit weit aufgerissenen Augen im Bett und sagte kein Wort.

„Erzähl mir, was hast du denn geträumt?", versuchte die Mutter nachzuforschen. Aber sie bekam zumeist keine Antwort. Nur einmal stammelte Marion:

„Da war eine große Wolke und die ist immer näher gekommen ..."

„Aber eine Wolke macht doch nichts!!", entgegnete die Mutter verdutzt.

„Und die Wolke hat sich auf mich gelegt und dann ist sie immer schwerer und schwerer geworden und hat mich erdrückt ..." Und schon fielen Marions Augenlider wieder zu, und innerhalb von Sekunden war sie eingeschlafen.

„So viel Theater bloß wegen irgendeiner Wolke!" Die Großmutter schüttelte den Kopf. „Das ist nur das schlechte Gewissen! Tagsüber ist sie frech und folgt nicht und in der Nacht rührt sich dann das schlechte Gewissen. Ein gutes Gewissen ist auch ein gutes Ruhekissen!!", fügte sie noch mit nachdrücklich erhobenem Zeigefinger hinzu, bevor sie zu ihrer Bettstatt hinter dem Vorhang zurückschlurfte.

„Bitte, lieber Gott, mach, dass das aufhört!", betete die Mutter. „Wie soll denn das weitergehen?", fragte sie sich verzweifelt. „Und wie soll ich jemals wieder einen Mann finden, mit diesem Kind. Da läuft ja jeder davon, so, wie es hier zugeht ..."
Unruhig erhob sie sich wieder, schaltete das Radio ein und suchte einen Sender mit klassischer Musik.
„Ruhe!!!", klopfte die Großmutter von unten.
Die Mutter drehte die Musik zurück und setzte sich im Dunkeln ans Fenster. Eine Zeitlang sah sie zu, wie der Regen fiel. Das beruhigte sie etwas, aber sorgenvolle, düstere Gedanken, gingen ihr nach wie vor durch den Kopf.
„Vielleicht ist die Großmutter zu streng!", dachte sie.
„Wir sollten wir mal irgendwohin wegfahren, nur ich und das Kind ...
Ja! Vielleicht bringt ja wirklich ein kleiner Ortswechsel was ..."

„Hallo, mein kleines Schätzchen!", rief Marions Mutter überschwänglich, als sie an diesem Tag, bereits vier Stunden früher als erwartet, vom Büro nachhause kam. „Ich hab' heute eine ganz tolle Überraschung für dich! Weil ich ja immer so viel arbeiten muss und so wenig bei dir sein kann, fahren wir jetzt mitsammen auf Urlaub! Nur wir beide! Und dann kannst du die ganze Woche lang Tag und Nacht mit mir zusammen sein! Wir werden sogar im selben Bett schlafen! ... Na, was sagst du dazu? Und in drei Stunden geht es schon los!!"

„Ohne die Großmutter?"

„Ja! Nur du und ich!!"

„Wirklich? Juhuu!!! Ohne die Oma!!!", schrie Marion begeistert.

Die Großmutter blickte missbilligend von ihrer Stopfarbeit hoch.

„Frechdachs!", sagte sie und mit einem strafenden Blick auf Marions Mutter: „Und du lässt ihr das natürlich durchgehen!"

„Sie meint es nicht so! Sie freut sich doch nur, auch einmal mit mir ganz allein was zu unternehmen", meinte die Mutter beschwichtigend.

„Natürlich! Du nimmst sie auch noch in Schutz! War ja nicht anders zu erwarten! ... Bin ich froh, wenn ihr endlich weg seid und ich einmal im Leben meine Ruhe haben kann!", fügte sie dann verbittert hinzu.

...

„Marion, mein Liebling, bring mal den Atlas, dann zeig' ich dir, wo wir hinfahren. Siehst du, das da ist Kroatien! ... Und diese Küste da, die heißt Dalmatien. Dort gibt es viele, kleine Inseln, wo es wunderschön ist. Und auf dieser da ist unser Hotel. Und weißt du, das ist schon etwas ganz Besonderes, dass wir auf Urlaub ans Meer fahren. Die meisten hier im Ort können sich das nicht leisten. Nicht einmal mein Bruder, der Onkel Gerhard, kann sich das leisten und dabei hat der studiert und ich nicht. Aber so siehst du jetzt wenigstens einmal wozu es gut ist, dass man arbeiten geht! Hol bitte den großen Koffer vom Dachboden."

Der Koffer war schnell gepackt und es gab nur einmal eine kurze Diskussion über Badebekleidung, weil Marion unbedingt ihre Knabenbadehose mitnehmen wollte.

„Nein, Liebling, das ist für dort nicht das Richtige. Da nehmen wir schon den neuen Bikini mit den Rüschen."

„Schade!", meinte Marion. Darf ich meine Jeanshose mitnehmen? Die ist so bequem!?"

„Auf keinen Fall!! Nur Kleider! Aber du darfst aussuchen, welche. Und Sandalen ..."

...

„So! Fertig! Und jetzt essen wir noch ein Eis!", schlug die Mutter vor.

„Juhuu! Ein Eis!", jubelte Marion begeistert. Sie saßen auf dem Bänkchen in der Küche und aßen genüsslich Vanilleeis mit Heidelbeersauce direkt aus der Packung.

„Schau mal auf die Uhr! Du wirst noch den Zug versäumen!", platzte plötzlich die Großmutter herein. „Dass du nie pünktlich sein kannst! Wenn man wo wegfährt, ist man eine halbe Stunde früher schon an der Haltestelle! Sicherheitshalber! Da kommt man nicht im letzten Moment dahergehastet, schon gar nicht, wenn man ein Kind dabei hat!" Die Großmutter schüttelte verständnislos den Kopf.

„Oh!!" Die Mutter überprüfte mit einem kurzen Blick die Uhrzeit und sprang dann hektisch auf. „Schätzchen, ich hab' ganz die Zeit übersehen, wir müssen jetzt schleunigst los, sonst versäumen wir wirklich den Bus, der uns zum Zug bringt … Schnell, setz dich auf den Koffer drauf, damit er leichter zugeht … Ah! Geschafft!! … Und jetzt schnell die Schuhe anziehen und los."
„Verschwindet schon endlich", rief die Großmutter genervt. „Dali dali! Ich bin jetzt schon drauf eingestellt, dass ihr weg seid! Und wenn ihr diesen Zug nicht erwischt, was soll ich denn dann kochen? Ich kann ja jetzt gar nichts mehr einkaufen, weil doch das Geschäft längst zu ist! Also, verschwindet jetzt endlich, ihr macht mich nervös …"
„Auf Wiedersehen, Oma!", rief Marion noch.
„Baba, Mama!", sagte die Mutter und breitete die Arme aus, um die Großmutter zum Abschied zu umarmen.

„Lass das! Verschwindet! Raus mit euch! Dali dali! …

…

Na endlich", seufzte die alte Frau noch lautstark, als sie die Tür hinter ihnen zuschlug.

Sie hasteten die Straße entlang zum Bus. Zunächst ging es durch die Ortschaft bergauf, bis zum Kriegerdenkmal. Von dort führten viele kleine Stufen nach unten, zur Überlandstraße.

„Verflixt!", rief die Mutter plötzlich hektisch, denn man konnte den Bus bereits von Weiten kommen sehen. Plötzlich rannte sie ohne Vorwarnung los und ließ Marion ganz allein mit dem Koffer auf der Stiege stehen.

„Sie fährt ohne mich … Sie lässt mich jetzt hier allein … und sie wird nie wieder zurückkommen", schoss es Marion durch den Kopf. Sie verspürte Panik und begann verzweifelt zu schreien. „Mutti, Muuuttiii !!!"

Aber die Mutter lief unbeirrt weiter. Sie winkte mit ausgebreiteten Armen, um den Fahrer auf sich aufmerksam zu machen.

Marion sah, dass der Bus anhielt.

„Gleich ist sie weg", dachte sie, „und ich muss dann allein nach Hause gehen und die Großmutter wird böse sein, wenn ich schon wieder da bin." Sie setzte sich dort, wo sie gerade stand, auf den Boden, schrie hysterisch und weinte haltlos vor sich hin.

„Aber Kindchen, was ist denn?", fragte plötzlich die Stimme der Mutter neben ihr.

„Ich hab' gedacht, du fährst ohne mich und lässt mich hier ganz allein!", schluchzte Marion bitterlich.

„Ach, du Dummerchen, warum sollte ich dich denn allein lassen? Du bist doch alles, was ich habe! Ich bin doch nur vorrausgelaufen, um den Bus für uns zu stoppen! Siehst du, jetzt wartet der Fahrer auf uns. Das ist nett von ihm, aber komm schnell, sonst werden die anderen Fahrgäste ungeduldig."

Im Bus angekommen, half der Fahrer noch galant, den riesigen Koffer zu verstauen und Marion versuchte schnell, die Spuren des Weinens von ihrem Gesicht zu wischen. Das mitleidige Lächeln einer alten Frau machte ihr bewusst, dass die Fahrgäste ihren Ausbruch verfolgt hatten und sie schämte sich.

„Ich weiß nicht, warum ich plötzlich so furchtbare Angst hatte!", sagte Marion leicht verwirrt. „Aber immer, wenn du weggehst, habe ich das Gefühl, du kommst nie mehr wieder."

„Ach Kind!", sagte die Mutter betroffen. „Ich weiß schon, woran das liegt und irgendwann erzähl ich dir diese Geschichte. Aber nicht heute. Jetzt wollen wir uns damit nicht die Stimmung verderben …

Hey, Kleines, Kopf hoch, wir fahren auf Urlaub!!! Juhuuu!!"

„Juhuu!! Juhuu!! Wir fahren auf Urlaub!", rief auch Marion und jetzt lächelte sie wieder.

Bis Kroatien fuhren sie mit dem Nachtzug. Marion war bereits sehr müde und schlief bald neben dem Koffer ein. Als sie am nächsten Morgen gegen 7 Uhr wieder erwachte, fuhr der Zug bereits die Küste entlang und die Mutter bereitete gerade alles zum Aussteigen vor.

„Diese kleine Tasche da und die Jacke trägst du. Das ist wichtig und ich verlasse mich auf dich! Ok?!"

Marion sah aus dem Fenster. Sie sah Palmen und lange dünne Bäume und sie sah das Meer.

„Das ist aber groß!", stammelte sie fassungslos.

„Da werden wir jetzt gleich mit dem Schiff zu unserer Insel fahren!", kündigte die Mutter an. „Pass auf, wenn jemand fragt, wie alt du bist, dann sagst du fünf."

„Aber ich bin doch schon sieben!"

„Egal! Bis wir im Hotel sind, bist du fünf! Weil sonst muss ich für dich auch eine Fahrkarte fürs Schiff kaufen. Also wie alt bist du?"

„Sieb… äh … fünf!", stammelte Marion unsicher.

„Na bitte, geht doch! Du kannst auch einfach gar nichts sagen, aber sag ja nicht, dass du schon sieben bist. Mach dich ein bisschen klein, wenn du stehst, dann glauben die das sicher!"

Die Fahrt mit dem Schiff fühlte sich seltsam an in Marions Magen und sie konnte gar nichts essen. Die Mutter hingegen genoss ein üppiges Frühstück und man lauschte der Musik eines kleinen Trios, das einheimische Volkslieder zum Besten gab.

„Jasam mladi dalmatdinaz …", sang das Trio. Marion fragte sich, was das wohl bedeutete, während die Mutter versuchte, die Melodie mitzusummen.

„Mein Gott! Ist das nicht schön hier!?", meinte sie begeistert zu Marion und legte den Arm um ihre Schulter.

Das Hotel war nett und geräumig. Es hatte eine große Eingangshalle mit riesigen, eleganten Lederfauteuils, in denen Marion sich sehr klein fühlte. Es gab eine schöne Terrasse mit Livemusik für den Abend und der Sänger mit der weichen, schnulzigen Stimme lächelte Marion und ihrer Mutter jeden Abend galant zu, wenn sie zusammen hereinschwebten, die Mutter stilvoll in einem Kleid a la Grace Kelly und Marion mit einer extragroßen Blüte auf dem Haarreifen. „Mach nicht so große Schritte. Das sieht wirklich nicht damenhaft aus! Und steh gerade!", flüsterte Mutti ihrer kleinen Tochter leise ins Ohr, bevor sie die Halle betraten.

Marion bekam dann zumeist ein Getränk mit Kohlensäure, das ihr bei jedem Schluck aufs Neue die Tränen in die Augen trieb. Für sich selbst hingegen orderte die Mutter Kaffee und dann spielten sie allabendlich etliche Runden Quartett. Sie hatten dafür spezielle Karten aus Frankreich mit aufwändig gezeichneten Bildern, unter denen immer etwas auf Französisch stand. Die Mutter liebte die französische Sprache. Sie bewunderte auch die exquisite Pariser Mode und überhaupt alles, was Französisch war.

„Le pere", las Marion unter der Karte, die den Vater zeigte. Und „La fille", und die Mutter erklärte ihr, dass man im Französischen die Worte anders ausspricht, als man sie schreibt. Marion lernte bald, „Lö peer" und „la fiir" zu sagen und die Mutter lächelte geschmeichelt, wenn Vorbeigehende sich interessiert nach dem kleinen Mädchen umdrehten, das hier, im Urlaub, Französisch lernte.

Marion hatte anfangs Probleme, vom Strand allein zum Hotel zurückzufinden, wenn sie zum Beispiel zur Toilette musste und die Mutter nicht jedes Mal mitgehen wollte.

„Geh ruhig ohne mich, es ist ja nicht weit. Den Hügel hinauf und dann der zweite Weg nach rechts", sagte sie. „Du bist ja schon ein großes Mädchen!" Marion ging also hoch … und dann zumeist in die falsche Richtung. Wenn sie aufgeregt oder in Eile war, pflegte sie rechts und links leicht zu verwechseln. Sie orientierte sich normalerweise anders, merkte sich zum Beispiel, dass auf der einen Seite ein großer Baum war oder ein Geschäft. Doch auf diesem kleinen Pfad zum Hotel, sah es auf beiden Seiten zum Verwechseln ähnlich aus und das irritierte Marion gewaltig. Einmal ging sie insgesamt drei Mal um die ganze Insel herum. Es war heiß und sie war schon am Verzweifeln, aber dann fand sie den unscheinbaren Weg, der zum Hotel führte, doch noch.

„Wo warst du denn so lange?", fragte die Mutter besorgt, als sie erst zwei Stunden später zurückkam.

„Ich hab nicht hergefunden!"

„Kind, du hast wirklich eine miserable Orientierung! Aber weit kannst du ja zum Glück nicht kommen … Denn die Insel ist nicht groß …"

Marion fand dann selbst eine Lösung für ihr Problem. Sie schleppte einen großen, markant aussehenden Stein an jene Stelle, wo sie den Weg nach rechts nehmen sollte und einen anderen dorthin, wo der kleine, von Büschen weitgehend verdeckte Zugang zum Hotel abzweigte und alles war gut …

Die Mutter genoss das ungewohnte, südliche Flair des Mittelmeerlandes in vollen Zügen. Sie fand die engen Gassen mit der Wäsche, die deutlich sichtbar aufgehängt war, malerisch und originell. Selbst die Straßenverkäufer, die den meisten anderen Touristen eher lästig waren, erweckten mit ihren bunten Waren ihr Interesse und sie kaufte ihnen gerne etwas ab. Sie empfand es auch als angenehm, frische Feigen und Getränke bis direkt an ihr Badetuch geliefert zu bekommen und zusammen mit den süßen Früchten erstand sie auch gleich einige kleine Holzfiguren, für die ihr der fliegende Händler einen Sonderpreis machte. Auch die traditionellen, farbenfrohen Kelimteppiche hatten es ihr angetan.

„Welcher gefällt dir am besten? ", fragte sie Marion, während sie alle dreizehn Teppiche, die der Händler gerade dabei hatte, auseinanderrollte und zum besseren Vergleich nebeneinander auflegte.

„Weiß nicht! Die sind alle so kratzig …", meinte Marion.

„Aber ich meine doch die Farben!"

Marion deutete zuletzt auf einen Teppich, um ihrer Mutter eine Freude zu machen.

„Ja, nicht schlecht! Geschmack hast du!", sagte die Mutter anerkennend! Dann kaufte sie diesen Teppich und auch noch zwei andere.

…

...

Marion war zumeist viel im Wasser. Sie schwamm und tauchte herum und versuchte immer wieder begeistert, Fische zu fangen. Sie steckte Krebse in ihren kleinen Sandkübel und ließ sie später um die Wette laufen, so wie zuhause die Schnecken. Sie ließ sich gerne von den hohen Wellen treiben und sammelte eifrig Unmengen von Muscheln und bunten Steinen. Da es im flachen Wasser überall sehr felsig war, gab es leider viele Seeigel und es verging kaum ein Tag, an dem Marion sich nicht etliche Stacheln eintrat. Abends versuchte die Mutter dann immer, diese mit Hilfe einer Pinzette zu entfernen. Das schmerzte zwar ein bisschen, tat aber der Urlaubsfreude keinen Abbruch; und am nächsten Tag war Marion wieder im Wasser.

Die Mutter hingegen zog es vor, auf dem kleinen Felsplateau zu sonnen und Marion zuzusehen.

„Komm doch auch mal ins Wasser, Mutti!"

„Nein, mir ist es zu kalt!"

„Mir ist auch kalt, wenn ich raus aus dem Wasser komme!" Marion stand schlotternd neben ihrer Mutter und klapperte demonstrativ mit den Zähnen. Ihre Lippen waren bläulich verfärbt und die nassen Haare klebten an ihrem Kopf. „Aber wenn man reingeht, ist es gleich wieder warm!"

„Ich will auch keine nassen Haare!", fügte die Mutter hinzu. „Das Salzwasser macht sie trocken und das sieht nicht gut aus, wenn wir dann am Abend zum Essen gehen. Und du willst doch eine hübsche Mutti haben! Oder?"

69

„Aber Mutti, du bist doch immer schön!", sagte Marion bewundernd.

„Ach, du mein Schätzchen!", flüsterte Mutti gerührt und gab ihrer Kleinen einen dicken Kuss …

…

Am Ende des Urlaubs war die Mutter sehr gleichmäßig gebräunt. Marion hingegen war im Gesicht relativ blass, weil sie der Sonne, die in ihren Augen unangenehm blendete, zumeist den Rücken zuwandte. Auch ihre Beine waren recht hell geblieben, da sie beim Spielen eine kauernde Haltung bevorzugte. Der Rücken hingegen wies bereits die Hautfarbe der Einheimischen auf.

„Komm Schätzchen, leg dich doch heute noch ein bisschen ausgestreckt zu mir aufs Badetuch, damit sich das ein wenig ausgleicht", sagte die Mutter, „weil das sieht irgendwie komisch aus."

Nach wenigen Minuten beklagte sich Marion: „Aber Mutti! Ich will doch noch ins Meer, nur so da liegen ist langweilig!"

„Na, dann lass es!", gab die Mutter nach. Ihr Blick schweifte über das blaue Wasser und die rote Erde der Felsen und sie fühlte eine leise Wehmut in sich aufsteigen. Viel zu schnell war so ein Urlaub vorbei. Es hatte ihr gut getan, einmal allein zu sein mit ihrem Kind und ihr war wohl bewusst, dass sie im Alltag vieles versäumte. Dass sie bestenfalls eine Wochenend- und Feiertagsmutter war. Und das tat irgendwie weh. Aber es ging halt nicht anders.

Noch lange betrachtete sie Marion, die im Wasser hin und her flitzte und jedes Mal, wenn eine hohe Welle kam, vor Vergnügen schrie ... „Wie wenig so ein Kind doch braucht, um glücklich zu sein", dachte sie.

Zurück im Hotelzimmer, war es dann an der Zeit zu packen.

Sie wählten gemeinsam aus, welche Muscheln sie mitnehmen wollten, denn es waren inzwischen so viele, dass der ohnehin unhandliche Koffer mit Sicherheit zu schwer geworden wäre. Nach einer letzten Dusche wurden noch schnell die Haare trockengeföhnt und als sie so nebeneinander vor dem Spiegel standen, fiel der Mutter auf, wie stark ihre Haarfarben jetzt kontrastierten. Marions Haare waren von der Sonne ausgebleicht und strohblond, das Haar ihrer Mutter jedoch, das normalerweise dunkelbraun und leicht gelockt war, erschien jetzt extrem kraus und fast schwarz.

„Ich hab' schon mal gehört, dass Blondinen, die im Süden leben, manchmal nachdunkeln, weil der Körper anscheinend irgendwann anfängt mehr Pigmente zu bilden, aber, dass das so schnell gehen kann, wusste ich nicht", meinte sie zu Marion.

Ein letztes Mal wurden alle Seeigelstacheln entfernt.
„Au!", jammerte Marion. „Au! Das tut weh!"
„Halt still! Da sind ganz viele, knapp nebeneinander! Und die müssen raus!"

Da Marions Fuß leicht angeschwollen war, trug sie auf der Zugfahrt ihre Sandalen. Sie versuchte tapfer, die Schmerzen im Fuß zu ignorieren. Das würde sicher bald wieder besser werden.

„Schlafen wir ein bisschen!", schlug die Mutter vor, „Dann vergeht die Zeit schneller!"

Irgendwann aber erwachte Marion wieder, weil sie in dem einen Fuß plötzlich rasende Schmerzen verspürte. Als sie die Socken auszog, sah sie mit Entsetzen, dass von der einen Stelle am Ballen, wo besonders viele Stacheln gewesen waren, ein roter Strich wegging.

„Wenn von einer Wunde ein roter Strich weggeht, dann ist das Blutvergiftung", hatte ihr die Großmutter einmal erklärt, „und sobald der rote Strich das Herz erreicht, ist man tot!"

„Ich werde sterben!", dachte Marion voll Panik und begann zu weinen.

„Was ist denn schon wieder, schlaf doch noch ein bisschen!", murmelte die Mutter im Halbschlaf.

„Aber ich werde sterben! Schau, der rote Strich wird immer länger!"

„Was redest du da? Was ist? Ach so, dein Fuß! Zeig her ... Oh!! Tatsächlich! Das sieht nicht gut aus ... Du bist ja auch ganz heiß! Sicher hast du Fieber!" Die Mutter überlegte kurz. „Ich geh' jetzt kurz vor zum Schaffner und sag' ihm, dass wir Hilfe brauchen ...", entschied sie spontan.

„Nein, Mutti! Ich will hier nicht alleine bleiben! Was, wenn du nicht zurückfindest? Was, wenn du die falsche Tür erwischt und aus dem Zug fällst? ... Bitte, bitte, geh nicht!!"

„Aber ich muss doch alleine gehen. Wir können ja das Gepäck nicht unbeaufsichtigt lassen! Das wird sonst gestohlen. Und du kannst in diesem Zustand auch nicht so weit gehen. Du musst hier warten, während ich Hilfe hole! Ich komm' gleich wieder!"

Einige Zeit später war die Mutter zurück und in der nächsten Haltestelle, stieg ein Arzt zu, der per Funk angefordert worden war. Er gab Marion eine Spritze und einige Tabletten für später.

„Der Fuß darf keinesfalls belastet werden!", ordnete er an. „Und sobald sie zuhause sind, gehen sie sofort zum Arzt." Dann packte der Doktor seine lederne Tasche rasch zusammen. „Das wird schon wieder!", sagte er aufmunternd, lächelte freundlich und fuhr Marion über den Kopf, bevor er am nächsten Halt den Zug wieder verließ.

„Ist es wahr, dass man stirbt, wenn der Strich beim Herz ankommt?", fragte Marion.

„Ich weiß es nicht. Wer sagt denn das?", forschte die Mutter nach.

„Die Oma sagt das!"

„Ach was, jetzt hast du ja die Spritze mit dem Antibiotikum bekommen. Ich nehme an, davon wird der Strich zurückgehen oder zumindest aufhören, weiter zu wachsen."

„Und wenn nicht? Ich will jetzt noch nicht sterben!"

„So schnell stirbt man nicht!", beschwichtigte die Mutter. „Nicht in deinem Alter!"

„Aber der kleine Bruder vom Roman ist auch tot und meine Freundin Valerie vom Kindergarten ist an Masern gestorben."

„Bitte, versuch jetzt zu schlafen", sagte die Mutter.

„Ich sehe da ein ganz anderes Problem auf uns zukommen. Wie sollen wir denn in Ljubljana umsteigen? Und dann in Villach noch einmal! Wenn du nicht auf den Fuß steigen darfst, muss ich dich ja tragen. Das heißt, ich muss in der einen Hand dich tragen und mit der anderen den schweren Koffer! Der war schon nicht leicht auf der Hinfahrt. Aber jetzt, mit den ganzen Teppichen ... Wie soll ich das nur schaffen?"

...

Als sie spät in der Nacht endlich zuhause ankamen, war die Mutter erschöpft und zornig.

„Ja, wenn du schick angezogen und geschminkt daherkommst und die Kleine niedlich zurechtgemacht, wie eine Puppe aussieht, dann will dir jeder mit dem Koffer helfen. Aber wenn du völlig verzweifelt und verschwitzt mit einem kranken Kind wo ankommst und wirklich darauf angewiesen wärst, dann hilft dir natürlich niemand. Dann schauen dich alle nur ganz blöd an und sehen zu, wie du dich abschleppst mit dem Kind und dem Gepäck, dass du schon fast zusammenbrichst. Alle schauen blöd, aber keiner hilft dir!!"

Die Mutter läutete dann den Bereitschaftsarzt der Ortschaft aus dem Schlaf, was ihr etwas unangenehm war, weil er zunächst am Telefon recht unfreundlich klang. Er kam dann aber sofort und erläuterte die weitere Behandlung. Langsam beruhigte sich Marion, da sie sah, dass der Strich wirklich schon ein wenig zurückgegangen war.

„Was macht ihr denn für einen Krach, mitten in der Nacht!", beklagte sich die Großmutter, die plötzlich mit wirren Haaren im Nachthemd aus ihrem Zimmer kam.

„Das Kind ist krank geworden unterwegs und der Arzt war noch da. Entschuldige, wenn wir dich aufgeweckt haben", sagte die Mutter leise.

„Um Gottes Willen, ist der noch da? Ist ja peinlich, so wie ich aussehe!"

„Nein er ist schon weg!"

Die Großmutter gähnte einmal ausgiebig, dann rieb sie sich verdutzt die Augen.

„Wie schaust denn du aus? Hast du dir jetzt die Haare gefärbt? Die sind ja ganz schwarz!"

„Nein, die sind dort von selbst so geworden, mir ist es auch schon aufgefallen", entgegnete die Mutter.

„Lüg nicht! Nein wirklich! Unmöglich siehst du aus, mit den gefärbten Haaren."

„Die sind nicht ge…"

„Ruhig!! Ich will jetzt nichts mehr hören! Mein Gott, was man sich mit euch alles mitmacht!! Und das Kind ist krank? Was musst du auch weiß-Gott-wohin fahren mit ihr? Warum kannst du nicht, wie alle anderen auch, einfach irgendwohin auf Sommerfrische fahren? Mein Gott, war das schön, wie ihr weg wart!

… Kaum kommt ihr zur Tür herein, geht das Theater auch schon wieder los … Womit hab ich das eigentlich verdient? Das möchte ich wirklich gerne wissen!!"

„Sei doch nicht so!", bat die Mutter kleinlaut.

„Du hast leicht reden! Du sitzt ja morgen wieder in deinem schicken Büro und ich hab' die ganze Arbeit!"

Das Fahrrad

Fast alle Kinder Im Ort hatten ein Fahrrad. Nur Marion nicht.

„Warum willst du denn ein Fahrrad?", fragte Marions Mutter. „Die Ortschaft ist nicht so groß, da kann man doch bequem überall zu Fuß hingehen. Sei froh darüber! Früher musste ich immer mit dem Fahrrad vom Bauern Eier holen und ich war nie gar so gut im Fahrradfahren. Ist öfter als nur einmal vorgekommen, dass ich gestürzt bin und mir die Knie aufgeschlagen hab'! Na ja, die aufgeschürften Knie heilen irgendwann wieder, aber die Eier waren dann jedes Mal unwiederbringlich kaputt. Du kannst dir ja vorstellen, wie mich die Großmutter zuhause empfangen hat!!"

„Aber ich möchte doch nur zum Spaß damit fahren! Weißt du, zusammen mit den anderen Kindern! Die Buben haben alle ein Fahrrad!!"

„Du bist aber kein Bub!"

„Auch viele Mädchen haben eins!"

„Hier im Ortsgebiet ist es zu gefährlich", entschied die Mutter. „Weißt du, da hätte ich ja keine einzige ruhige Minute mehr, wenn ich wüsste, dass du mit so einem Fahrrad irgendwo unterwegs bist. Ich hätte ständig Angst, dass du irgendwie in einen Unfall verwickelt sein könntest! … Nicht auszudenken!!!"

„Aber die anderen Kinder haben doch auch eins! Das ist gemein!", erwiderte Marion enttäuscht.

„Pass auf, wie du mit mir redest!", sagte die Mutter streng, „Und außerdem, wer soll denn dieses Rad warten und reparieren? Die Oma mit ihrem Kreuz kann das sicher nicht! Und ich auch nicht. Solche Arbeiten sind schmutzig und man bricht sich dabei die Fingernägel. Nicht, dass ich für dich nicht einen Fingernagel opfern würde, aber ich bin Chefsekretärin und da muss ich gepflegte Hände haben ..."

„Nie bekomme ich, was ich mir wünsche!!", maulte Marion verdrossen. „Keinen Bruder, keinen Papa, keinen Hund und kein Fahrrad ... Nichts davon bekomme ich! Gar nichts! Dabei würde ich statt dem Hund ja auch eine Katze nehmen oder ein Meerschweinchen ... Oder wenigstens einen Hamster! Aber nicht einmal einen Hamster kann ich haben ..."

„Herrschaft!! Du weißt doch, dass die Großmutter keine Tiere mag, wegen dem Schmutz. Du machst selbst schon genug Dreck!!"

In dieser Nacht hatte Marion einen Traum. Es war ihr Geburtstag und sie bekam die üblichen Geschenke. Einen Pyjama von der Großmutter, eine rote Haube und einen rosa Schal von ihrer Mutter und ein Buch von Onkel Gerhard. Dazu auch noch eine Tafel Schokolade und eine Dose mit Ananasscheiben von ihrer Taufpatin, Tante Mariechen.

Als sie die Torte verspeist hatten, sagte die Mutter plötzlich überraschend: „Weil du immer so brav bist, Marion und weil ich immer so wenig Zeit für dich habe, bekommst du dieses Jahr noch ein besonderes Geschenk.

„Wo?", rief Marion aufgeregt. „Wo ist denn das Geschenk?"

„Es ist zu groß, um im Haus Platz zu haben", erklärte die Mutter und lächelte verheißungsvoll. „Komm mit mir zum Fenster."

Marion schaute in den Garten und da stand es: Ein funkelnagelneues Fahrrad mit schwarzem Sattel!! Nicht ein einziger Kratzer war am Gestänge und vorne, am Lenker, war auf der Klingel ein Aufkleber, der einen kleinen Hund zeigte.

„Mutti!!!", stammelte Marion fassungslos. „Ist das wirklich für mich??!! Wirklich?! Oh Mutti, ich war noch nie in meinem Leben so glücklich!!! Du bist die beste Mutti der Welt!!"

Im Laufschritt rannte Marion sofort nach draußen und schwang sich auf ihr neues Rad. Ohne Probleme radelte sie los und war glücklich. Übermütig fuhr sie durch die Ortschaft bis zum Wald, dann durch das Wäldchen hindurch, an der Schule vorbei und hinunter ins Tal, wo sie am Bach eine kleine Rast einlegte. ... Zuletzt fuhr sie nachhause, umarmte ihre Mutter noch viele Male und ging dann zu Bett.

„Darf ich das Rad neben mein Bett stellen?", fragte sie.

„Ach nein, Kind! Das bringt zu viel Dreck herein. Das steht doch gut da draußen, im Garten. Schau, bevor du einschläfst, winkst du ihm noch einmal und wenn du in der Früh aufwachst, kannst du es gleich wieder sehen, wenn du zum Fenster gehst."

...

...

„Marion, steh schon endlich auf!! Marion!!"
Die Großmutter zog verärgert die Decke mit einem resoluten Ruck weg.
Marion drehte sich zur Wand.
„Hoch mit dir! Die Schule wartet! Mach dich schnell fertig, damit du noch Zeit hast zum Frühstücken."

Marion krabbelte verschlafen aus ihrem Bett. Dann aber war sie schlagartig hellwach. Das Fahrrad! Ihr neues Fahrrad! Juhuu! Sie hatte ja jetzt ein Fahrrad. Schnell lief sie zum Fenster und sah in den Garten. Aber da war nichts! Sie überlegte kurz … War das Rad vielleicht gestohlen worden? Oder hatte sie es vielleicht doch woanders abgestellt? Möglicherweise stand es ja schon vor dem Haus draußen neben der Straße und wartete auf den ersten gemeinsamen Ritt zur Schule. Marion kleidete sich schnell an und ging in die Küche.
„Oma", sagte sie, „weißt du, wo mein neues Fahrrad steht?"
„Welches Fahrrad?"
„Na, ich hab' doch gestern zum Geburtstag ein Fahrrad bekommen! Und ich weiß genau, dass ich es im Garten, vor dem Abgang in den Keller abgestellt habe! Aber dort ist es jetzt nicht. Hast du es vielleicht weggenommen?"

„Was ist denn das jetzt wieder für eine neue Spinnerei?", entgegnete die Großmutter verwundert. „Du hast kein Fahrrad!!"

„Doch! Ich hab´s gestern zum Geburtstag bekommen!"

„Ach ja? Gestern war aber der 20. April und dein Geburtstag ist im Jänner!!"

Marion ging zu dem kleinen Bauernkalender in der Küche, wo sie jeden Tag das aktuelle Blatt abreißen durfte. Und wirklich! Er zeigte den 21. April …

Marion war noch nie in ihrem Leben so enttäuscht gewesen. Tränen schossen in ihre Augen und sie ging schnell aus der Küche, weil die Großmutter nicht sehen sollte, dass sie weinte. Ohne sich zu verabschieden, ging sie rasch in die Schule und sprach dann den ganzen Tag lang mit niemandem ein Wort.

… Am Abend dieses Tages vermied sie es auch, mit ihrer Mutter zu sprechen. Es erfüllte sie mit Bitterkeit daran zu denken, wie oft sie sich für dieses Fahrrad – das sie jetzt gar nicht besaß – bei ihr bedankt hatte.

„Schatzilein, was ist denn heute? Bekomm´ ich gar kein Bussi?", fragte die Mutter erstaunt. „Was hast du denn?"

„Nichts", antwortete Marion. „Darf ich schlafen gehen?"

„Aber es ist doch erst 6 Uhr!!"

„Ich bin aber müde."

„Na meinetwegen, gehst halt schlafen. Hoffentlich bist du dann morgen besser gelaunt. Aber Zähne putzen und beten nicht vergessen!"

Marion schlüpfte in ihr Bett. Sie dachte so lange an ihr Fahrrad, bis sie es wieder ganz deutlich vor ihren Augen sehen konnte und schlief dann ein.

…

…

„Mario, steh auf!", hörte sie die Stimme ihrer Mutter. „Mario! Dein Fahrrad wartet schon auf dich! Und ich hab dir auch Krapfen zum Frühstück besorgt. Die magst du doch so gerne!"

Schlaftrunken setzte sich Marion auf.

„Das war aber eine kurze Nacht!", dachte sie. „Und ich habe kein Fahrrad und auch keine Mutter, die mir morgens Krapfen bringt … Weil meine Mutter ist, wenn ich aufstehe, längst im Büro!!"

„Mario!! Möchtest du auch Kakao mit Schlagobers?"

Mario stand zögernd auf und öffnete unsicher die Tür zur Küche. Dort stand die Mutter in einer Schürze und ruhrte den Kakao an. Mario bekam auch einen riesigen Löffel Schlagsahne drauf.

„Wie viele Krapfen? Zwei oder drei?", fragte die Mutter.

„Drei!", hörte Mario sich sagen.

„Das ist gut! So ein kleiner Junge wie du, muss ordentlich essen!! Na, wie geht es dem Geburtstagskind von gestern heute?"

Mario ging schnell zum Kalender und sah, dass es der 1. Februar war, also einen Tag nach seinem Geburtstag und er hätte am liebsten einen Luftsprung gemacht.

„Ich hab' schlecht geträumt Mutti!", erzählte er, „Mein Fahrrad war plötzlich nicht mehr da!!"
„Aber da draußen steht es doch! Sieh nur! Du kannst es immer noch gar nicht fassen? Oder?"
Mario sah aus dem Fenster und da stand es wieder: Sein Fahrrad!! Er war überglücklich. „Darf ich auch zur Schule fahren damit?"
„Aber natürlich! Alle Buben fahren doch mit dem Fahrrad zur Schule."
Mario verbrachte einen wunderschönen Tag und als der zu Ende war, fiel er müde und glücklich ins Bett und schlief schnell ein.
...

...
„Marion! Steh auf! Wie oft soll ich noch rufen! Wenn du nicht in fünf Minuten in der Küche bist, komm' ich hoch, und dann setzt es was!!", rief die Großmutter.
Marion erhob sich langsam. Sie ging in die Küche und sah auf den Kalender: 22. April!!!!
Sie sah aus dem Fenster: Kein Fahrrad!!!
Und in der Küche die Großmutter!!
...

Allmählich verstand Marion: Es gab da zwei Welten, die sich sehr ähnlich waren, aber nicht gleich. Wenn sie in der einen Welt einschlief, wachte sie gleichzeitig in der anderen auf ... Und umgekehrt ...
In der einen Welt hatte sie ein Fahrrad, in der anderen nicht ... In der einen Welt war sie ein Junge ... In der anderen nicht ...

Beide Welten fühlten sich gleichermaßen real an, ab dem Augenblick, wenn sie dort erwachte und irreal, sobald sie in der jeweils anderen Welt aufstand. Es war manchmal schwierig zu wissen, wo sie gerade war. Aber es gab ja zum Glück den Bauernkalender, von dem man jeden Tag einzeln abreißen konnte. Auf der Rückseite waren immer kleine Geschichten abgedruckt. Für jeden Tag des Jahres eine. In beiden Welten sammelte Marion diese Geschichten. Aber in der einen Welt war es gerade April und in der anderen inzwischen Februar ...

Marion war überglücklich, weil sie jetzt wusste, dass, egal wie unerfreulich die Ereignisse in der einen Welt waren, jeden Abend aufs Neue, die andere Welt auf sie wartete ...

Und Mutter und Großmutter freuten sich, dass das Kind neuerdings so sang- und klanglos schlafen ging.

Mutti in Paris

„Ja, bist du jetzt ganz übergeschnappt!!", sagte die Großmutter fassungslos, als Marions Mutter ihr eröffnete, sie werde jetzt demnächst für drei Monate nach Paris fahren.

„Immer dieser Frankreich-Fimmel!", fuhr sie fort. „Diese Allüren!! Du bist doch nur eine kleine Sekretärin! Was willst denn du in Paris? Und außerdem hast du ein Kind!"

„Mama, du kannst jetzt sagen, was du willst, mein Entschluss steht fest. Ich hab' mir das alles ganz genau überlegt! Und du weißt, wie sehr ich mir das immer schon gewünscht habe! Einmal im Leben, muss ich auch etwas für mich tun! Mit der Arbeit ist alles geregelt und ich darf in Paris auch einen Modezeichenkurs besuchen. Das ist sehr vorteilhaft für meine berufliche Entwicklung! Wahrscheinlich werde ich am Ende auch noch befördert! Verstehst du?! Die bezahlen mir sogar den Kurs. Und du bekommst genug Geld für den Haushalt und das Kind, also mach dir bitte keine Sorgen!"

„Oh Gott!! Wie soll das nur gehen!! Wie stellst du dir das alles vor?! ... Aber ich kenn' dich ja!!! ... Immer mit dem Kopf durch die Wand und ohne Rücksicht auf Verluste ... Das wird was werden!! Ich alleine mit dem Kind!! ... Und das gleich drei Monate lang!! ... Du liebe Güte!! Womit hab' ich das wieder verdient?!"

Plötzlich stand Marion in der Tür.

„Fährst du weg, weil ich nicht brav genug war?", fragte sie kleinlaut.

„Nein, mein Liebling. Das hat überhaupt nichts mit dir zu tun! Ich wünsche mir das nur schon, seit ich ein kleines Mädchen war. Paris, weißt du, Paris ist die Stadt meiner Träume. Und jetzt hat sich diese Möglichkeit ergeben und so eine Gelegenheit kommt nicht wieder. Das musst du mir einfach gönnen!! Natürlich bin ich traurig, dass ich dich dann so lange nicht sehen kann, aber du kannst mir ja schreiben. Und ich schick' dir auch ganz viele Briefe. Ja!? Machen wir das so?" Marion nickte stumm. Sie ging in ihr Zimmer und weinte.

„Sie lässt mich mit der Großmutter allein", dachte sie verzweifelt. „Und wenn es ihr dort, in Paris, gefällt, kommt sie sicher nie wieder ..."

Am Tag der Abreise kam die Tante Mariechen. Die Mutter verabschiedete sich etwas verlegen von der Großmutter. „Mach's gut, Mama!", sagte sie „Und danke für alles!"

„Als ob mich irgendwer gefragt hätte ...", entgegnete die Großmutter trocken. „Wirst schon sehen, wie es ist in der Fremde, aber du musst dir halt deine Hörner abstoßen!!"

„ Und du bist brav und folgst der Oma!", wandte sich die Mutter an Marion.

„Hörst du, was deine Mutti sagt!", hakte die sofort ein. „Vergiss es nicht, in den nächsten drei Monaten!"

Dann gingen die Mutter, Tante Mariechen und Marion aus dem Haus und die Großmutter schloss schnell die Tür, ohne zu winken.

Sie fuhren mit dem Lokalzug zum nächsten Bahnknotenpunkt und dort mussten sie dann auf jenen Zug warten, der die Mutter direkt nach Paris bringen würde. „Mit dem fährt man die ganze Nacht über, so wie damals, als wir nach Kroatien gefahren sind und in der Früh, wenn du aufwachst und in die Schule gehst, bin ich dann schon in Paris und denk' ganz fest an dich", erklärte die Mutter.

„Mariechen, hast du noch Lust auf ein Paar Würstel?", fragte sie dann die Tante.

„Ach, mach dir keine Umstände, das muss wirklich nicht sein", antwortete diese.

„Na komm, wir haben noch eine halbe Stunde Zeit und ich bin dir wirklich sehr dankbar, dass du mitgekommen bist. Das geht sich schon noch alles aus."

Sie betraten die Gastwirtschaft und die Mutter winkte die Wirtin herbei. „Drei Mal Würstel, zwei Kaffee und eine Frucade! Und bitte schnell, weil der Zug fährt in einer halben Stunde!" Es dauerte dann doch länger als gedacht und kaum hatten sie begonnen zu essen, wurde auch schon der Schnellzug nach Paris angesagt. Die Mutter sprang aufgeregt auf:

„Schnell, wir müssen auf Bahnsteig vier! ... Die anderen kommen wieder! Bitte nicht abservieren!", rief sie der Wirtin zu und dann hasteten die drei schnell zum Bahnsteig. Die Mutter nahm einen 100-Schilling-Schein aus ihrem Portmonee.

„Da Mariechen, nicht dass ich in der Aufregung vergesse und du dann noch zahlen musst. Das wäre mir wirklich sehr peinlich!"

„Aber nein, das ist doch nicht nötig", sagte die Tante höflich, während sie das Geld einsteckte.

Dann ging alles sehr schnell. Der Zug nach Paris fuhr ein und die Mutter öffnete rasch die Tür. Sie wuchtete ihren riesigen Koffer nach drinnen und entschied sich für einen freien Platz in einem Abteil ganz nahe der Tür. Dann versuchte sie vorsorglich das Schiebefenster zu öffnen, das zunächst ein wenig klemmte und sich nicht weiter als einen Spalt öffnen ließ.

„Kann ich behilflich sein?", fragte ein Mann in einem grauen Anzug und öffnete das Fenster mit einem kräftigen Ruck bis ganz nach unten.

„Ach vielen Dank, das ist wirklich sehr liebenswürdig von ihnen. Für manche Dinge sind Männer doch von unbezahlbarem Wert!", meinte die Mutter kokett.

„Bis ich das Fenster aufbringen würde, wäre die Gelegenheit zum Winken längst vorbei!!", scherzte sie noch, während sie probeweise den Kopf hinausstreckte. „Schau Marion", rief sie, „von hier winke ich dir dann ganz, ganz lange!" Danach kam sie noch einmal zur Tür. „Mariechen, ich bin dir ewig dankbar, dass du dich ein bisschen um die Mama und das Kind kümmerst, während ich weg bin. Du weißt ja, die Mama hat die Nerven nicht mehr zu dem Kind … Marion, mein Schatz!", wandte sie sich dann an die Kleine, „Jetzt wird es ernst, gleich fährt der Zug!

Wenn irgendwas ist, geh zur Tante Mariechen und sei immer schön brav!! Und vergiss nicht: Die Mutti hat dich lieb!! Sie drückte Marion noch lange an sich, bis der Schaffner kam, um eigenhändig alle Türen zu schließen. Die Mutter lief schnell in ihr Abteil zum Fenster und dann fuhr der Zug auch schon los.

„Wink, Marion!", rief die Tante, „Gleich ist sie weg! Du musst jetzt noch ganz lange winken, sonst ist die Mutti traurig!"

In eben diesem Moment, raste auf dem Bahnsteig direkt hinter ihnen ein Schnellzug durch und Marion und Tante Mariechen standen zwischen den beiden Zügen auf dem schmalen Bahnsteig eingeklemmt. Marion fühlte den starken Fahrtwind des anderen Zuges und ihr Körper schwankte von der Wucht der Luftbewegung. Sie schloss die Augen und schrie panisch und die Mutter sah ihr verzerrtes Gesicht, das immer kleiner wurde, bis man die Gesichtszüge nicht mehr erkennen konnte, sah, wie der Fahrtwind der Tante den Hut vom Kopf riss und dann waren Kind und Tante nur noch zwei kleine Punkte, die sie, so lange sie konnte, im Auge zu behalten versuchte.

Als Marion die Augen wieder aufriss, sah sie noch den Arm der Mutter, nicht größer als ein Streichholz, aus dem Zugfenster winken und dann war auch schon der ganze Zug nur mehr ein Punkt, der schnell kleiner wurde und zuletzt ganz verschwand.

„Na sowas!", sagte die Tante Mariechen, als sie ihren Hut wieder einfing. „Das ist schon gefährlich, wenn dieser Zug da mit so einer rasenden Geschwindigkeit durchdonnert!! Komm Marion, gehen wir zurück zu unseren Würsteln. Die hast du doch so gerne." Wieder im Gasthaus angekommen, war alles noch da. Die drei Getränke und die Frankfurter. Marion setzte sich auf den Platz ihrer Mutter, wo noch die Kaffeetasse stand ...

Und in der Tasse waren Zuckerrückstände, weil ihre Mutti, wie die Großmutter immer bemängelte, viel zu viel Zucker verschwendete.

Die Tante aß ihre Würstchen auf, aber Marion konnte nichts hinunterwürgen. Sie kämpfte nur gegen ein ungewohntes, flattrig-flaues Gefühl im Magen.

„Ich kann nicht!", flüsterte sie. „Ich kann jetzt nichts essen."

... Als die Tante dann später an die Theke ging um zu bezahlen, steckte Marion die Kaffeetasse mit den Zuckerresten ihrer Mutter heimlich ein.

„Marion, das darf man doch nicht, das ist eindeutig Diebstahl!", sagte die Tante eindringlich, als sie das Souvenir später entdeckte. Jetzt können wir nicht mehr zurückfahren, aber du musst diese Tasse zurückgeben!! Großes Ehrenwort! Ja?"

„Ich geb' sie zurück!", versprach Marion. „Aber erst dann, wenn meine Mutti wiederkommt!"

„Mein lieber Schatz!", schrieb die Mutter.

„Jetzt bin ich schon drei Tage in Paris und ich vermisse dich. Aber was es mir leichter macht, ist, dass die Familie, bei der ich wohne, ein Mädchen in deinem Alter hat. Ihr Name ist Elliane und sie ist ganz süß

und hat wunderschöne, lange, schwarze Haare. Jeden Morgen bringe ich sie in die Schule. Unterwegs kaufen wir uns meistens noch irgendwo ein Croissant und ich lerne von ihr auch ein bisschen Französisch. Paris ist so groß und gefährlich, dass ein Kind in deinem Alter hier nicht ohne Begleitung den Schulweg machen sollte. Deshalb muss ich sie am Nachmittag auch wieder vom Unterricht abholen … Dazwischen habe ich zwei Französischkurse und am Abend muss ich in die Modezeichenschule. Wie du siehst, bin ich sehr beschäftigt und Paris ist auch wirklich ganz wunderbar! Ich bin sehr glücklich, hier zu sein. Mein Schatz, ich umarme dich und viele Bussis …
Deine Mutti"

„Sie wird nicht wieder kommen", dachte Marion. „Sie hat mich schon durch diese Elliane ersetzt. Die ist sicher viel braver als ich und außerdem hat sie auch wunderschöne, lange, schwarze Haare!"

„Mein liebes Schatzilein!
Ich kann jetzt schon sehr gut Französisch und ich habe auch schon Freunde gefunden, im Sprachkurs und in der Schule. Ich hab' auch schon alle Sehenswürdigkeiten besucht und es ist alles fast noch schöner, als ich mir das vorgestellt habe.
Ich vermisse dich, ma chère!
Deine Mutti"

„Bald wird sie gar nicht mehr Deutsch können", befürchtete Marion, „weil sie ja ohnehin Französisch
viel lieber mag …"

Am Wochenende kam jetzt oft die Tante Mariechen.
„Marion, du musst der Mutti schon auch einen Brief
schreiben!", mahnte sie. „Komm! Wir setzen uns
jetzt hin und machen das zusammen.

„Liebe Mutti!", schrieb Marion.
„Bitte komm bald zurück! Es ist furchtbar hier am
Abend und die Oma ist immer böse. Wenn du nicht
bald zurückkommst, laufe ich weg …"

„Ach Marion! Sowas kannst du doch nicht schreiben!
Da macht sich die Mutti ja Sorgen! Und die soll doch
eine schöne Zeit verbringen, in Paris. Ich zeig' dir,
was du schreiben sollst!"
Und die Tante Mariechen verfasste einen Brief, dessen Text Marion dann abschrieb:

„Liebe Mutti!
Es geht mir gut und ich freue mich sehr, dass es dir in
Paris gefällt. Ich lerne immer brav für die Schule und
auch zuhause bin ich brav und helfe der Großmutter.
Viele liebe Grüße und Küsse,
deine Marion."

„So, diesen Brief legen wir jetzt zu dem meinen dazu,
dadurch sparen wir eine Briefmarke!", meinte die

Tante. „Schön hast du das abgeschrieben! Da wird sich die Mutti aber freuen!"

„Mein allerliebstes Herzchen!", schrieb die Mutter zurück.
„Es freut mich, dass es dir gut geht und dass du immer so brav bist. Dass du der Oma so viel hilfst, ist auch ganz toll!
Mir sind hier inzwischen die Ersparnisse ausgegangen und ich musste mir dringend was einfallen lassen. Ich porträtiere jetzt am Montmartre und verdiene damit Geld!!
Zuerst hab' ich aus Moltofil so kleine Gipsköpfe gemacht. Die haben sich sehr gut verkauft, aber dann ist die Polizei gekommen und hat mir gesagt, dass das hier verboten ist! Man darf nur Porträts machen.
Am Anfang war ich sehr langsam, aber in der Zwischenzeit bin ich schon fast so schnell, wie die anderen Kollegen!
Ich umarme dich.
Deine Mutti"

Zu Weihnachten kam ein Paket mit Schokolade für Marion. Und die Großmutter schickte ihrer Tochter eine große Schachtel mit selbstgemachten Weihnachtskeksen nach Paris.

„Meine liebe Tochter!", schrieb sie ihr.
„Ich hoffe, du bist nicht allzu einsam zu Weihnachten. Ich schicke dir diese Kekse, denn ich habe auch heuer in der Adventzeit täglich gebacken, so wie es

Tradition ist. Und wer soll denn diese Unmengen an Keksen jetzt alle essen? Ich mache mir Sorgen um dich! Sicher isst du viel zu wenig! Komm bitte bald nachhause. Das Kind vermisst dich, mehr als du dir das vorstellen kannst!
Deine, um dich besorgte, Mama.

Die Mutter holte die Schachtel mit den Keksen von der Post ab. Zunächst irrte sie eineinhalb Stunden durch eine, ihr unbekannte Gegend von Paris, bis sie das richtige Postamt fand. Dann musste sie sich, auf Grund des hohen Paketaufkommens in der Weihnachtszeit, etwa eine dreiviertel Stunde anstellen; und schließlich bezahlte sie auch noch eine Gebühr, für die man sich einen Jahresvorrat an Keksen hätte kaufen können … Danach trug sie das schwere Paket voll Vorfreude nachhause und schleppte es zuletzt die vielen Stufen bis zu ihrer Dachkammer hoch. Als sie die Schachtel jedoch öffnete, waren die mürben Kekse in lauter kleine Brösel zerfallen. Nach all dem Aufwand brachte sie es nicht übers Herz, den Inhalt des Pakets einfach so wegzuwerfen. Also aß sie die Keksbrösel nach und nach mit Hilfe ihres einzigen Suppenlöffels und immerhin schmeckten auch die Krümel noch gut.

„Liebe Mama!",
schrieb sie ihrer Mutter.
„Vielen Dank für die wunderbaren Kekse, die hätte ich wirklich sehr vermisst, wenn ich heuer keine gehabt hätte. Aber Dank Deiner Fürsorge, umgibt mich

jetzt auch hier, in Paris, ein Hauch von heimatlicher Weihnacht. Ich werde schon am 31. Jänner, zu Marions Geburtstag, zurückkommen und ich freue mich schon sehr, euch alle wiederzusehen. Bitte verzeih mir, dass ich das Kind, ohne dich zu fragen, bei dir zurückgelassen habe. Ich weiß, es ist für dich nicht immer einfach, aber für mich auch nicht …

Ich verkrafte es einfach nicht, mein ganzes Leben lang nur in diesem Dorf zu sitzen! Ich weiß, es ist egoistisch von mir, aber manchmal kann ich nicht anders.

Deine, dich liebende Tochter.“

Und auch für Marion gab es einen Brief:

„Mein kleiner Liebling!

Jetzt dauert es gar nicht mehr lange und dann bin ich zurück. Ich werde zu deinem Geburtstag wieder da sein und dir auch ein schönes Geschenk aus Paris mitbringen, irgendetwas ganz Besonderes, das man bei uns überhaupt nicht zu kaufen bekommt!

Ich hab' dich auch sehr vermisst zu Weihnachten und ich verspreche, es dauert jetzt nicht mehr lange.

Deine, dich unendlich liebende

Mutti.“

Und während Marion zuerst noch die Wochen und zuletzt die Tage zählte, bis ihre Mutter zurückkommen würde, stand diese plötzlich schon einige Tage vor ihrem Geburtstag unvermutet an der Haustüre.

Und das mitten in der Nacht! Sie hatte eine neue Frisur mit glatten Haaren und Stirnfransen und sie trug starkes Makeup und einen riesigen Hut.

„Um Gottes Willen, wie siehst du denn aus!", empfing sie die Großmutter. „Und was machst du denn hier, jetzt mitten in der Nacht?! Ich hab doch gar nichts zuhause zum Essen. Mein Gott, wie dünn du geworden bist! Total verhungert schaust du aus. Das Kind wird sich ja schrecken, wenn es dich sieht. Und dieser Rock! Unmöglich! Trägt man so was in Paris? Ich meine, tragen das dort auch die ganz normalen Leute?"

„Ja", sagte die Mutter stolz, „neueste Pariser Mode! In zwei Jahren ist das dann auch bei uns modern! Wirst schon sehen!" Die Großmutter schüttelte ungläubig den Kopf, während die Mutter ihr verwandeltes Spiegelbild zum ersten Mal in ihrem eigenen, heimischen Spiegel prüfend besah.

„Und wo ist sie denn, meine Kleine?", fragte sie dann aufgeregt.

„Wo wird sie sein! Im Bett natürlich! Weck sie jetzt ja nicht auf!!"

Aber die Mutter stürmte schon in Marions Zimmer und küsste sie wach.

„Marion!! Überraschung!! Mutti ist wieder da!!"

Marion setzte sich schlaftrunken auf.

„Wirklich?!", fragte sie misstrauisch … „Aber mein Geburtstag ist doch erst in drei Tagen!"

„Also was jetzt! Freust du dich denn gar nicht, mich zu sehen? – Mensch, bist du groß geworden!"

Marion bekam dann zum 8. Geburtstag drei kleine Stofftierhunde aus Paris, die ihr sehr gut gefielen. Einen einfarbig braunen, einen ganz schwarzen und einen schwarzweiß gefleckten. Sie bekam auch zwei Paar rote Strumpfhosen mit einem auffälligen, dunkelblauen Rautenmuster, die sie nicht anziehen wollte, weil die Kinder in der Schule sie auslachten.

„Bitte Mutti, alle lachen über diese Strümpfe! Ich will die nicht anziehen!"

„Lauter Banausen!", seufzte die Mutter. „Dann ziehst du sie halt nur an, wenn du mit mir wo hingehst! So bleiben sie wenigstens länger ganz!", entschied sie.

In den nächsten Wochen, gewöhnte sich die Mutter langsam wieder an ihr altes Leben. Aber nie zuvor, war ihr das Kind so groß erschienen und das Dorf so klein.

„Na Kinder, wer von euch weiß schon, was eine Sünde ist?", fragte der Herr Pfarrer. Die Kinder senkten den Blick und niemand traute sich zu antworten.

„Eine Sünde ist es, wenn man etwas Falsches tut!", erläuterte der Priester streng. „Und wie weiß man, was richtig ist und was falsch? Nun, ganz einfach! Dafür gibt es die 10 Gebote.

Ich schreibe euch die jetzt hier an die Tafel und ihr schreibt sie fein säuberlich ab, in euer Religionsheft. Und bis zum nächsten Mal könnt ihr das alle auswendig.

1. Du sollst an einen Gott glauben.
Die Betonung liegt auf *einem,* denn die Heiden haben an viele Götter geglaubt.
2. Du sollst den Namen Gottes nicht verunehren!
Das heißt, nicht fluchen.
3. Du sollst den Tag des Herrn heiligen!
Das heißt, am Sonntag in die Kirche gehen. Und zwar jeden Sonntag!
4. Du sollst Vater und Mutter ehren, auf dass du lange lebest und es dir wohl ergehe auf Erden!
Das betrifft euch Kinder und bedeutet: Immer schön den Eltern folgen, sonst wird es euch übel ergehen, im Leben.
5. Du sollst nicht töten!

Das betrifft nur Menschen, keine Tiere. Und auch Menschen darf man unter bestimmten Umständen töten, zum Beispiel in Notwehr oder im Krieg.

6. Du sollst nicht Unkeuschheit treiben!

Auch nicht in Gedanken! Also, wenn ihr etwas Unkeusches denkt, ist das bereits eine Sünde und ihr müsst es beichten, denn sonst kommt ihr in die Hölle.

7. Du sollst nicht stehlen!

Das betrifft auch kleine Dinge. Also, wenn ihr heimlich Marmelade nascht oder einen Apfel vom Baum des Nachbarn nehmt, ist das Diebstahl und ihr müsst es beichten!

8. Du sollst kein falsches Zeugnis geben, gegen deinen Nächsten.

Das heißt auch, nicht lügen. Auch keine sogenannten Notlügen. Auch die müsst ihr beichten!

9. Du sollst nicht begehren deines Nächsten Weib!

Dafür seid ihr noch zu jung, das betrifft euch noch nicht.

10. Du sollst nicht begehren deines Nächsten Gut!

Das heißt, nicht neidisch sein auf das, was andere haben.

Bevor ihr zur Erstkommunion gehen dürft, müsst ihr zur Beichte, denn jeder, der den Leib des Herrn unwürdig empfängt, begeht eine schwere Sünde. Und wer stirbt, ohne seine Sünden gebeichtet zu haben, der kommt in die Hölle. Den hölzernen Beichtstuhl in der Kirche habt ihr ja von außen schon oft gesehen. Wenn ihr dann zur Beichte geht, müsst ihr euch zunächst in einer Reihe anstellen. Wenn ihr dran seid, dann öffnet ihr leise die Seitentür und geht hinein. Ihr kniet euch nieder und macht das Kreuzzeichen. Dazu sagt ihr: Im Namen des Vaters – Kreuz auf der Stirn – und des Sohnes – Kreuz auf den Lippen – und des heiligen Geistes – Kreuz auf der Brust – Amen.

Dann sagt ihr: Dies ist meine erste Beichte. Vergib mir Vater, denn ich habe gesündigt, in Gedanken Worten und Werken. Dann sagt ihr eure Sünden. Es genügt nicht, wenn ihr sagt: Ich habe gestohlen; ihr müsst auch genau sagen, was und wann und wie oft. Und vergesst ja nichts, denn sonst ist eure Beichte ungültig und wenn ihr so zur Kommunion geht, ist es eine schwere Sünde! Und das bringt euch in die Hölle! Wenn ihr dann fertig seid, spreche ich ein kurzes Gebet.

Dann erteile ich euch die Absolution. Ich bin Priester und das bedeutet, dass mir von Gott die Macht gegeben wurde, Sünden zu vergeben ... So, wie es in der Bibel steht:

> *Wem ihr die Sünden vergebt,*
> *dem sind sie vergeben*
> *und wem ihr die Sünden behaltet,*
> *dem sind sie behalten.*

Ich erteile euch die Absolution dann auf Lateinisch. Dazu sage ich: Ego te absolvo a peccatis tuis in nomine Patris + et Filiis + et Spiritus Sancti + Amen. Ihr macht dann wieder ein Kreuz. Wenn ich das gesagt habe, dann sind all eure Sünden vergeben, dann ist eure Seele weiß und rein, wie die eines Engels, aber natürlich nur so lange, bis ihr das nächste Mal eine

Sünde begeht. Daraus ergibt sich, dass man einmal wöchentlich beichten muss. Am allerbesten Samstag abends, weil am Sonntag soll man ja zur Messe gehen; und in der Messe soll man den Leib Christi empfangen; und das darf man nur im Stand der Gnade, also in jenem Zustand, in dem wir uns unmittelbar nach der Beichte befinden.

Zum Abschluss bekommt ihr dann noch eure Buße, das heißt, ich sage euch, wie viele Vaterunser und Ave-Maria ihr zur Strafe beten müsst. Dann verlasst ihr den Beichtstuhl und kniet euch vorne auf die Kirchenbänke und dort betet ihr gleich eure Buße. Dann könnt ihr heimgehen. Und schön aufpassen, dass ihr keine neue Sünde mehr begeht vor der Messe am Sonntag; wenn doch, dürft ihr nicht zur Kommunion. Falls das bei der Erstkommunion geschehen sollte, wäre das wirklich eine ganz große Schande!! Habt ihr alles verstanden?"

Die Kinder nickten eingeschüchtert. Marion hatte eine Frage: „Und wie ist das, wenn man zum Beispiel gelogen hat und man kann sich gar nicht mehr daran erinnern? Wie kann man es dann beichten? Weil man hat diese Sünde ja trotzdem begangen!" Der Pfarrer überlegte kurz ob dieser eigenartigen Frage, die ihm aber theologisch durchaus interessant erschien.

„Nun", antwortete er zuletzt, „wenn du dich wirklich nicht mehr erinnern kannst, dann musst du auf die Gnade Gottes vertrauen. Sicherheitshalber könnte man am Ende der Beichte sagen: Das war meine Beichte. Gütiger Vater, verzeih mir auch die verborgenen und vergessenen Sünden ... Sobald euch die Sünde aber wieder einfällt, müsst ihr sie natürlich sofort beichten! Und in der Zwischenzeit, dürft ihr selbstverständlich nicht zum Tisch des Herrn."

„Und wenn man sich nicht mehr erinnern kann, wie viele Äpfel man gestohlen hat oder wie oft man ungehorsam war?", fragte ein anderes Kind.

„Dann sagt ihr einfach: ‚Vater, meine Sünden sind so groß, dass ich sie nicht mehr zählen kann. Ich habe unzählige Äpfel gestohlen. Vergib mir, oh Herr, in deiner unfassbaren Güte'."

Der Herr Pfarrer blickte kurz auf die Uhr.

„Kinder, ich muss jetzt früher weg zu einem Hof, wo ich der alten Huberbäuerin die letzte Ölung geben soll. Das ist wichtig, wie ihr jetzt wisst. Denn es ist schlimm, wenn man nicht im Stand der Gnade stirbt. Wenn das geschehen würde, dann müsste die alte Frau Huber für immer in der Hölle bleiben. Also Kinder, ich gehe jetzt und ihr betet am besten noch ein bisschen für die alte Frau Huber. Betet halt einfach so viele Ave-Marias wie sich ausgehen, bis die Schulglocke läutet. Dann packt ihr gesittet eure Sachen zusammen und geht nachhause.

Gegrüßet seist du Maria, voll der Gnade,
der Herr ist mit dir;
du bist gebenedeit, unter den Frauen
und gebenedeit ist die Frucht deines Leibes, Jesus.
Heilige Maria, Mutter Gottes,
bitte für uns arme Sünder,
jetzt und in der Stunde unseres Todes.

Amen.
Heilige Maria, Mutter Gottes,
bitte für die arme Frau Huber,
jetzt und in der Stunde ihres Todes.
Amen –

Ave Maria, gratia plena,
dominus tecum;
benedicta tu in mulieribus
et benedictus fructus ventris tui, Iesus.
Sancta Maria, mater dei,
ora pro nobis peccatoribus,
nunc et in hora mortis nostrae.
Amen.
Heilige Maria, Mutter Gottes,
bitte für die arme Frau Huber,
jetzt und in der Stunde ihres Todes.
Amen.

...

...

Auf dem Heimweg dachte Marion gründlich über den
Herrn Pfarrer nach ... Das war ein mächtiger Mann.
Er entschied, wem er die Sünden vergab und wem
nicht. Er war auch der Stellvertreter Christi auf Erden
und hatte die ganze Bibel gelesen und studiert; nicht
nur auf Deutsch, sondern auch auf Lateinisch. Ihm
würde sie demnächst all ihre Verfehlungen beichten
müssen. Der Herr Pfarrer wusste alles ... Denn alles,
was an Bösem geschah in dieser kleinen Ortschaft,
landete irgendwann in den Ohren des Herrn Pfarrers.

Ein Glück, dass er es wenigstens nicht weitersagen durfte, wegen dem Beichtgeheimnis.

Marion freute sich schon auf die Erstkommunion. Bedauerlich war nur, dass sie nicht bei den Knaben stehen durfte, in einem dunklen Anzug, sondern bei den Mädchen, in einem lächerlichen, weißen Kleid. Mit einem Schleier auf dem Kopf. Oder mit einem Blumenkranz ... Aber jedes Kind bekam eine lange Kerze, die es auch behalten durfte. Und nach der Messe richtete die Pfarre ein Fest, wo alle Kinder ein großes Stück Torte und Kakao bekamen und zur bleibenden Erinnerung gab es noch ein Heiligenbildchen mit einer Widmung.

Als der große Tag dann kam, war Marion schon über die Maßen aufgeregt. Am Vortag war sie zur Beichte gewesen und zum ersten Mal in ihrem Leben, war sie jetzt ganz frei von Sünde. Das schlechte Gewissen, welches ihr schon seit Jahren ein dauerhafter Begleiter gewesen war, ruhte jetzt. In Zukunft würde sie versuchen, keine Sünden mehr zu begehen. Keine Marmelade, kein Schluck vom Eierlikör im Keller, keine Stachelbeeren vom Nachbarn. Und immer den Erwachsenen folgen. Das war wohl das Schwerste, für Kinder. Aber sie würde es versuchen. Sie würde jetzt den Leib Christi empfangen und dann war Gott mit ihr. Und Gott würde ihr helfen, gut zu sein.

Als sie dann zur Kirche gingen, wurden die Erstkommunionkinder feierlich nach vorne gebeten. Sie sa-

ßen an diesem Tag zusammen, immer abwechselnd eine Reihe Knaben und eine Reihe Mädchen, nicht wie sonst, die Knaben rechts und die Mädchen links. Es gab ein Hochamt mit Orgelbegleitung und Marion sang alle Lieder innbrünstig mit.
Dann kam endlich die heilige Wandlung:

> *Das ist mein Leib,*
> *der für euch hingegeben wurde.*
> *Nehmt ihn und esset alle davon ...*
> *Das ist mein Blut,*
> *das für euch vergossen wurde,*
> *zur Vergebung der Sünden ...*
> *Tut dies zu meinem Gedächtnis ...*

Jesus war gestorben, für die Sünden der Welt. Für die Sünden aller Zeiten. Vergangene, gegenwärtige und zukünftige Sünden. Man musste nur bereuen und beichten und dann den Leib des Herrn empfangen ... Und in weiterer Folge musste man natürlich versuchen, in Zukunft so wenig wie möglich zu sündigen. Das war man dem armen Jesus schon schuldig, der an unserer Stelle von Gott bestraft worden war, um Gott mit der Welt zu versöhnen. Mit einer Welt, die böse war. Dem Christus, der uns helfen konnte gut zu sein, in einer von Grund auf durch und durch bösen und schlechten Welt.

Dann wurden die Kerzen entzündet und die Kinder stellten sich am Gang in Viererreihen hintereinander auf. Marion schaffte es nicht, die Kerze ganz gerade zu halten. Etwas Wachs tropfte auf ihre Schuhe und auch auf den Kirchenboden. Das Mädchen neben ihr rückte einen halben Schritt nach hinten und warf Marion einen strafenden Blick zu. Dabei kam die Kleine wohl der Kerze des hinter ihr stehenden Knaben zu nahe … Denn plötzlich fing ihr Spitzenschleier Feuer!! Ein Vater eilte geistesgegenwärtig nach vorne, riss sich die Anzugjacke vom Leib und warf sie schnell über den Kopf des Mädchens, um die Flammen zu ersticken. Es roch dann in der ganzen Kirche ein wenig nach versengtem Stoff und nach verbranntem Haar. Die gute Jacke des Vaters hatte zudem einen hässlichen Brandfleck, aber zum Glück war nichts Schlimmeres passiert.

Dann kam der große Augenblick. Reihe um Reihe knieten die aufgeregten Kinder vorne nieder und der Pfarrer schritt würdevoll von Kind zu Kind.
„Corpus Christi, empfange den Leib des Herrn", sagte er jedes Mal, während ein Kind nach dem anderen den Mund öffnete und die Hostie direkt auf die Zunge gelegt bekam.
„Corpus Christi …" Marion war etwas unsicher, wie weit sie die Zunge herausstrecken durfte …
Aber dann fühlte sie den Leib Christi in ihrem Mund …

Und schon war der große Augenblick wieder vorbei.

Jetzt war Jesus in ihr!! Marion hatte Tränen in den Augen und ihr Herz klopfte ganz laut und freudig erregt.

Oh Herr, ich bin nicht würdig,
dass du eingehst unter mein Dach,
aber sprich nur ein Wort,
so wird meine Seele gesund.

Oh Herr, ich bin nicht wert,
dass du jetzt in mir wohnst,
aber sprich nur ein Wort,
so wird meine Seele gesund.

Marion verbrachte einen wundervollen Nachmittag im Pfarrsaal. Es gab einen riesigen Festtagskuchen mit Schokoglasur, den die Pfarrerköchin selbst zubereitet hatte. Ein aufwändig verziertes, kleines Kunstwerk, das zudem ausgezeichnet schmeckte. Und von dem heißen Kakao mit Schlagobers, durften die Kinder zur Feier des Tages so viel trinken, wie sie wollten.

„Na, mein Kleines", sagte die Mutter später, „jetzt wohnt das Jesulein ganz wirklich und wahrhaftig in deinem Herzen. Jetzt musst du nur immer schön brav sein, damit es nicht wieder fortgeht. Und wenn du betest, dann beantwortet es auch deine Fragen. Wenn du nur gut genug zuhörst, dann kannst du auch hören, was es dir sagt!!"

Den ganzen Abend lang fühlte sich Marion, als ob sie einen verborgenen Schatz in sich trüge. Denn Jesus war jetzt in ihr."

...

Immer noch in ihrem weißen Kleid, nahm Marion in dem bequemen Plüschlehnsessel Platz, der sonst nur den Erwachsenen vorbehalten war. Sie versuchte mit dem Jesulein in ihrem Herzen zu sprechen. Aufmerksam lauschte sie in sich hinein, was es ihr wohl zu sagen hätte ... Und bald schon vermeinte sie auch wirklich, eine leise Stimme in sich zu vernehmen ... War das schon die Antwort des Jesuleins?"

...

Marion fühlte sich seltsam schwebend, wie auf einer weißen Wolke im Himmel. Umgeben von guten Gedanken, Absichten und Vorsätzen. Sie empfand eine starke Zuneigung zu Jesus und eine nie gekannte Welle von warmen Gefühlen stieg in ihr auf ... bis dann plötzlich unvermutet eine gewaltige Ohrteige sie aus ihrem meditativen Zustand riss.

„Wie lange soll ich noch rufen, bis du endlich antwortest!! Zieh jetzt dieses Kleid aus und hilf mir in der Küche! Dass du nie hören kannst, wenn man dich ruft! Dabei warst du doch gerade erst bei der Erstkommunion! Schon wieder alles vergessen!? Hm? Das 4. Gebot: Du sollst Vater und Mutter ehren und selbstverständlich auch deine Großmutter! Aber bei dir ist halt Hopfen und Malz verloren."

Marion fühlte sich unendlich enttäuscht und mutlos. Nicht einmal bis zum Ende des Tages hatte sie es geschafft, das 4. Gebot zu halten. Dabei hatte sie sich doch so sehr und von ganzem Herzen darum bemüht. Vielleicht war ja an ihr wirklich Hopfen und Malz verloren.

Verloren war aber auch,
das eben erst gefundene Jesulein.

„Ach, Gerhard!", sagte Marions Mutter. „Ich bin dir wirklich ewig dankbar, dass du die Kleine heuer in die Tschechei mitnimmst. Weil ich könnte mir dieses Jahr, nach dem Parisaufenthalt, definitiv keinen Urlaub leisten. Und du weißt ja, die Mama, der ist das schon zu anstrengend. Unterm Jahr ist das Kind wenigstens am Vormittag in der Schule, aber jetzt, in den Ferien, hat sie die Marion halt den ganzen Tag am Hals. Und wenn ich abends nachhause komme, höre ich dann ständig diese Klagen und Beschwerden. Dabei würde doch *ich,* nach einem anstrengenden Arbeitstag, auch etwas Ruhe und Entspannung brauchen! ... Bist du dir denn sicher, dass es deiner Schwiegermutter wirklich nichts ausmacht, wenn die Marion auch mitkommt?"

„Ach Annemarie, der macht das nichts", antwortete der Onkel beschwichtigend, „die hat dort im Haus ja ständig den einen Enkel, der im selben Alter ist wie unser Harald. Und sie freut sich, wenn der Kleine wen zum Spielen hat!"

„Deine Schwiegermutter ist aber auch zehn Jahre jünger als ich!", warf die Großmutter eifersüchtig ein. „In der ihrem Alter kann man leicht die liebe Omi sein, wenn einem alles noch einfach von der Hand geht und wenn man keine Schmerzen hat, von der vielen Arbeit!"

Die Großmutter begann plötzlich still zu weinen.

„Aber kränk dich doch jetzt nicht!", sagte Marions Mutter … „Wir meinen es dir ja nur gut. So hast du endlich einmal etwas Zeit für dich und kannst dich erholen!"

„Ich gehör' halt schon zum alten Eisen", sagte die Großmutter weinerlich.

„Dir kann man es wirklich nie rechtmachen!", meinte der Onkel kopfschüttelnd.

Am Vorabend redete die Mutter Marion noch ins Gewissen:

„Mach mir bitte keine Schande!", sagte sie eindringlich. „Das ist nicht *deine* Oma, zu der ihr da fahrt, sondern nur die, von deinem Cousin. Und das wäre mir sehr peinlich, wenn du dort wieder etwas anstellst. Also versprich mir, dass du brav sein wirst. Und immer schön lieb mit den anderen Kindern spielen! Der Harald und sein tschechischer Cousin sind erst vier und du schon acht. Da musst du die Vernünftige sein!!" Dann umarmte sie Marion lange und küsste sie viele Male.

Am nächsten Tag stieg Marion aufgeregt zu Onkel Gerhard ins Auto, winkte nur kurz und war froh, die Großmutter hinter sich zu lassen. Sie fuhren direkt nach Tabor, wo Gerhards Schwiegereltern wohnten und wo Tante Nadja und Harald schon seit einigen Wochen zu Besuch waren.

„Ja, Marion, jetzt wirst du die Familie deiner Tante auch mal kennenlernen. Wird halt nur schwierig für dich am Anfang, denn die können alle nur Tsche-

111

chisch!! Aber sie sind wirklich sehr lieb! Darum nennt der kleine Harald ja deine Oma einfach nur ‚Oma' und die Oma in der Tschechei bezeichnet er als ‚die liebe Oma'! Ist ein bisschen peinlich, wenn er das neben deiner Oma tut, denn das kränkt sie natürlich. Aber man muss wirklich zugeben, dass die tschechische Oma ganz, ganz lieb ist. Die kann übrigens sogar ein bisschen Deutsch.

…

…

Weißt du, damals, als ich die Nadja heiraten wollte, da war das eine große Sache für beide Familien. Im Krieg waren die Tschechen und die Deutschen erbitterte Feinde und besonders deine Oma, also meine Mutter, war überhaupt nicht einverstanden mit dieser Hochzeit. Für sie war das eine Katastrophe, dass, nach allem, was die Tschechen ihrer Familie angetan hatten, bis zum Verlust von Elternhaus und Heimatland, der eigene Sohn jetzt plötzlich ‚so Eine' heiraten will. Ich hab' damals schon ernsthaft überlegt, nach Kanada auszuwandern …

Beim ersten Besuch hat die Großmutter dann ein Huhn serviert und die Nadja mag leider kein Huhn! Aber natürlich hat sie sich damals nicht getraut, das zu sagen. Sie hat das Hendl halt runtergewürgt und die Kochkunst deiner Oma gelobt. Daraufhin hat die sich gemerkt, dass der Nadja das Huhn geschmeckt hat und von da an hat sie prompt, jedes Mal, wenn wir zu Besuch gekommen sind, ein Hendl gemacht! … Sozusagen, ihrer Schwiegertochter zu Ehren!

Und irgendwann, kann man das dann nicht mehr richtig stellen. Das wäre einfach zu peinlich!! Und so ist es halt bis heute mühsam für uns, euch zu besuchen. Auch schwierig für mich, denn ihr seid meine nächsten Verwandten; aber wenn meine Frau sich nicht wohlfühlt, ist es halt für mich auch nicht so wirklich entspannend.

...

...

Weißt du, ich habe es nie bereut, die Tante geheiratet zu haben. Ich hab' sie zwar nur einmal gesehen vor der Hochzeit, aber ich wusste ja schon, dass sie mir gefällt. Wir haben damals, am Anfang unserer Beziehung, einen langen Briefwechsel geführt ... Da lernt man sich auch kennen.
Mein Gott! Ich erinnere mich, als ob es gestern gewesen wäre! Ich war in der Tschechei und hab sie auf einem Schiff kennengelernt. Dann haben wir die Adressen getauscht und ich hab' ihr auch geschrieben, bis dann irgendwann keine Antwort mehr kam. Ich dachte mir damals, dass sie sich vielleicht an ein paar regimekritischen Bemerkungen gestoßen hat, die ich in meinem Brief machte. Aber es war wohl so, dass die den Brief abgefangen haben. Also hat die Nadja ihn gar nie bekommen! Weißt du, diese kommunistischen Beamten dort, die machen solche Sachen! Die durchleuchten die ganze Post und wenn da was drinnen steht, das ihnen nicht gefällt, lassen sie den Brief einfach verschwinden ...
So haben wir den Kontakt zunächst wieder verloren. Ich hab' dann halt noch einmal eine Weihnachtskarte

geschickt, so ganz unverbindlich. Aber zu meiner großen Freude, hat sie mir sofort zurückgeschrieben. Und in dem Brief stand, sie sei sehr traurig gewesen, nichts mehr von mir zu hören. Es habe sich angefühlt, als hätte sie einen lieben Freund verloren. Von da an wurde unsere Beziehung anders. Wir verliebten uns und begannen fast täglich zu schreiben. Und irgendwann beschlossen wir dann, zu heiraten.

Das war nicht einfach!! Die haben sie zwar aus der Tschechei ausreisen lassen. Aber gleich an der Grenze wurde ihr die Staatsbürgerschaft aberkannt und der Reisepass eingezogen. Von diesem Augenblick an war sie staatenlos. Als wir dann am Standesamt die Hochzeit anmelden wollten, fehlten alle möglichen Dokumente. Die Tschechen haben sich aber geweigert, diese auszustellen, weil sie ja inzwischen keine tschechische Staatsbürgerin mehr war! Und infolgedessen konnten wir auch nicht heiraten!! Wir waren schon ganz verzweifelt! Doch dann hat sich wenigstens ein alter Geistlicher erbarmt. Der hat sich mutig über alles hinweggesetzt und uns zumindest kirchlich getraut. Das war in dieser schwierigen Situation ein wichtiger Halt für uns. Zu wissen, dass wir wenigstens den Segen Gottes hatten! Erst nach langem, nervenaufreibenden hin und her, hat sich dann irgendwann eine Lösung gefunden und wir konnten auch standesamtlich heiraten ...“

Onkel Gerhard machte eine kleine Pause.

...

„Kennst du eigentlich die Geschichte, wie die Nadja in Wien angekommen ist?", fragte er dann.

Marion schüttelte den Kopf.

„Na, dann erzähl ich sie dir jetzt! Das war vielleicht was!! Ich stand also mit einem Blumenstrauß am Bahnhof und wartete auf meine Nadja. Dann kam eine Durchsage, dass der Zug eine halbe Stunde verspätet sei ... Ich ging also zurück in den Wartesaal. Nach einer halben Stunde, schnappte ich ungeduldig meine Blumen und eilte erneut zum Bahnsteig – ganz aufgeregt – Aber wieder kam eine Ansage, dass der Zug verspätet sei ... Und das ging dann immer so weiter ... insgesamt 17 Stunden lang!!! Kannst du dir das vorstellen? Als sie dann endlich da war, hab ich wohl genauso müde ausgeschaut wie meine Blumen ... Und du musst dir vorstellen, die Tante Nadja ist zur selben Zeit, dort in der Tschechei, mit ihrer ganzen Familie auf dem Bahnsteig gestanden und alle haben natürlich geweint, als der Zug kommen sollte. Aber dann kam er ja gar nicht! ... Also alle retour in den Wartesaal... Dann wieder alle auf den Bahnsteig und wieder haben alle geweint ... Und das unzählige Male. Als der Zug dann, nach all den Stunden wirklich gekommen ist und es zuletzt ernst wurde mit dem Abschied, hatten sie alle gar keine Tränen mehr!!!"

So erzählte der Onkel aus seinem Leben, bis sie in Tabor ankamen. Die Begrüßung war herzlich und die „liebe Oma" des Cousins, war wirklich eine ganz außergewöhnlich liebenswerte Person.

Nach einer üppigen Abendmahlzeit, führte sie die Kinder noch zu einem Erdbeerbeet im Garten. Lächelnd sah sie zu, wie alle ihre Schüsseln mit den duftenden, reifen Früchten füllten …

Vor dem Zubettgehen fuhr die liebe Oma ihren beiden Enkeln gleichzeitig über den Kopf und betrachtete sie mit einem prüfenden, vergleichenden Blick.
„Mischa ist eine schöne Bubi!", sagte sie anerkennend und streichelte dann seine blonden Locken. „Aber Harald ist eine brave Bubi!", fügte sie gütig lächelnd hinzu und strich auch ihrem anderen Enkel erneut über die dunkelblonde Stoppelfrisur.
…
…

In der ersten Nacht erwachte Marion. Verzweifelt versuchte sie in der finsteren Wohnung die Toilette zu finden. Dabei stieß sie im Dunkeln immer wieder gegen Türpfosten und Gegenstände. Sie öffnete zaghaft einige Türen, aber die zur Toilette fand sie nicht. Zuletzt schlich sie zurück ins Bett und versuchte ihr natürliches Bedürfnis zu unterdrücken. Irgendwann, war dann die Grenze des Möglichen erreicht. Marion überlegte, wo sie ihre Notdurft verrichten konnte, ohne dass es irgendjemandem auffallen würde … Sie entschied sich für die obere Ecke der Matratze, an der Seite zur Wand. Sie konnte nur hoffen und beten, dass der Fleck bald trocknen würde. Morgens machte sie schnell selbst ihr Bett und deckte den Urinfleck mit einem Zierpolster ab.

Marion hatte Glück, weil niemand etwas bemerkte. Erst zwei Wochen später, als die Bettwäsche abgezogen wurde, fiel der Fleck auf. Die Tante schnupperte daran und wiegte ihren Kopf unschlüssig hin und her.

„Hast du da Kamillentee verschüttet?", fragte sie nur und Marion antwortete erleichtert:

„Ja, die Tasse war wohl zu voll. Es tut mir leid."

...

Am Wochenende plante der Onkel eine Wanderung durch den Böhmerwald, bis hin zu dem Dorf, in dem seine Mutter geboren war und wo er selbst als Kind die Ferien zu verbringen pflegte.

Mit einer Wanderkarte und einer Taschenlampe für den Notfall im Gepäck, brachen der Onkel Gerhard, Tante Nadja, der kleine Harald und Marion auf.

„Gegen Mittag werden wir in Malsching sein. Da essen wir dann in einem Lokal. Früher hat das Dorfgasthaus meinem Onkel gehört und der andere Bruder meiner Mutter war Bürgermeister", sagte der Onkel Gerhard stolz. Sie folgten einer blauen Markierung und suchten auf dem Weg nach Pilzen, fanden aber kaum welche. Die Kinder naschten jedoch ausgiebig von den schmackhaften Heidelbeeren, die es im Überfluss gab.

„Aufpassen, dass ihr euch keine Flecken ins Gewand macht!", sagte die Tante. „Und nicht die verfärbten Finger an der Hose abwischen!!"

Dann plötzlich wurden die Markierungen seltener und hörten zuletzt ganz auf. Der Onkel versuchte, an

Hand der Karte zum richtigen Weg zurückzufinden, was ihm aber nicht gelang.

„Im Böhmerwald kann man sich verlaufen, weil er so groß ist. Wenn man weit genug hineingeht, findet man vielleicht nie wieder heraus!"

Marion erinnerte sich sofort wieder an diese Worte ihrer Großmutter. Jetzt hatten sie sich also verirrt! Ganz wirklich, so wie Hänsel und Gretel im Märchen.

„Ob es hier wohl Hexen gibt?", fragte Marion.

„Sei ruhig, du machst doch dem Harald Angst! Hexen gibt es nur im Märchen!", antwortete die Tante Nadja rasch.

Dann plötzlich fanden sie unter einem großen Gebüsch Unmengen von Eierschwammerln und gemeinsam füllte die Familie schnell ihre mitgebrachten Taschen.

„Ich weiß nicht, ob das ein gutes Zeichen ist", sagte der Onkel sorgenvoll, „es zeigt, dass da wohl niemand anderer vorbeigekommen ist und hier ist auch weit und breit kein Weg." Wie um seine Befürchtungen zu bestätigen, tauchte plötzlich ein großes Gerippe auf.

„Ihh!", rief die Tante und zog ihr Kind näher zu sich heran.

„Das war sicher ein Hirsch! Und so sauber, wie die Knochen sind, liegt der wohl schon sehr lange da!", bemerkte der Onkel.

„Werden wir jetzt auch hier sterben, so wie dieser Hirsch?", fragte Marion.

„Ach, red doch nicht sowas neben dem Kleinen", sagte die Tante ärgerlich. Dann wandte sie sich an ihren Mann: „Ich erwarte, dass du uns jetzt schnell hier rausführst!", sagte sie fordernd. „Der Harald ist doch noch klein, der kann nicht so lange gehen, auf diesem unebenen Gelände!", fügte sie noch hinzu.

Sie mussten wohl eine Zeitlang im Kreis herumgeirrt sein, denn plötzlich waren sie nach einer halben Stunde wieder bei dem Hirschgerippe.

„Oh Gott!", sagte die Tante.

„Wir machen jetzt eine kurze Rast", entschied der Onkel. Nach einem gründlichen Studium seine Karte, erklärte er: „Also, wir sind von hier aufgebrochen und Malsching liegt südlich von uns. Wenn man im Wald wissen will wo die Himmelsrichtungen sind, muss man sich an den Bäumen orientieren. Schau, Marion, hier kommt das schlechte Wetter normalerweise von Westen. Deshalb wächst auf der dem Westen zugewandten Seite der Baumstämme immer etwas Moos, denn da peitscht der Wind den Regen dagegen. Also! Wir müssen so gehen, dass wir das Moos an den Bäumen immer links von uns sehen. So müssen wir irgendwann hier rauskommen."

Sie aßen den mitgebrachten Proviant auf, denn die riesigen Taschen mit den Pilzen waren schon schwer genug. Dann brachen sie erneut auf und stapften stundenlang durch das dichte Unterholz …

Marions kleiner Cousin hatte damals die Angewohnheit seinen Speichel einfach laufen zu lassen. Die Tante hatte sich an sein Gesabber so sehr gewöhnt, dass sie ständig ein Taschentuch parat hatte mit dem sie ihm in regelmäßigen Abständen ganz automatisch über Mund und Kinn fuhr; doch plötzlich blieb das Tuch, zu ihrer Überraschung, trocken!

„Das Kind ist schon ganz dehydriert!", sagte sie besorgt. „Gerhard, du musst ihn jetzt tragen! Der Kleine kann nicht mehr!"

...

Es dauerte viele Stunden, in denen sie schweigend dahinmarschierten ... Aber dann lichtete sich endlich der Wald und zuletzt standen sie auf einer Wiese, von der aus man in der Ferne den Kirchturm eines Dorfes sehen konnte. Erleichtert machten sie wieder eine kleine Pause und der Onkel befragte erneut die Karte.

„Wenn wir in das Dorf kommen, bekommt ihr ein Getränk mit Kohlensäure!", versprach die Tante den Kindern. „Ich habe auch schon schrecklichen Durst", fügte sie hinzu.

„Na ja, reißt euch ein bisschen zusammen", meinte der Onkel. „Lang kann es ja jetzt nicht mehr dauern. In ungefähr zwei Stunden sind wir dort." Und aufmunternd fügte er hinzu: „Denkt an das gute Essen und Trinken, das wir dann im Gasthaus bekommen werden! Ihr dürft euch auch alles bestellen, was ihr wollt, das haben wir uns wirklich verdient!"

...

Als sie zuletzt endlich in Malsching ankamen, stellte sich heraus, dass es dort gar keine Gastwirtschaft gab. Schon seit vielen Jahren nicht mehr, wie eine alte, ärmlich gekleidete Frau ihnen in gebrochenem

Deutsch versicherte. Sie führte die Familie aber in einen Stall, wo aus einem Wasserhahn ein strohhalmdünner Strahl floss. „Das war früher eine Viehtränke", sagte sie, „Aber jetzt, wo der Bauernhof schon lange nicht mehr bewirtschaftet wird, kann man sich hier Wasser holen."

Harald durfte zuerst trinken. Dann Marion und zuletzt die Erwachsenen.

„Ich möchte jetzt aber auch noch ein Fanta!", quengelte der Cousin. „Du hast es versprochen, Vati!"

„Das geht jetzt aber nicht! Wir holen das nach, wenn wir wieder zuhause sind", versprach der Onkel.

Die alte Frau wies ihnen dann auch noch den Weg zum Friedhof. Nach einigem Suchen fanden sie das mit Buchsbaum überwucherte, verwilderte Grab, in dem die Großeltern von Marions Mutter begraben waren. Einige Momente lang stand der Onkel fassungslos vor dem ungepflegten Familiengrab. Dann begann er mit bloßen Händen so viel von dem Gebüsch abzubrechen, bis man den Grabstein wieder sehen konnte. Die eingeritzten Namen waren noch lesbar, auch wenn die Goldschrift längst abgeblättert war. Regen und Schnee hatten die Fotografien teilweise ruiniert, aber die Gesichter konnte man immer noch deutlich erkennen.

„Das waren deine Urgroßeltern!", sagte der Onkel und legte einen Arm um Marions Schultern. Dann senkte er seinen Kopf, faltete die Hände und sprach still ein Gebet.

„Also ich hätte nicht erwartet, dieses Dorf in so einem Zustand zu finden", meinte er später betrübt.

„Tja, in meiner Kindheit, da war das eine blühende Ortschaft. Aber später dann, nach dem Krieg, haben die Kommunisten anscheinend alles verfallen lassen. Wie man sieht, wohnen da ja nur noch einzelne alte Leute!", fügte er bekümmert hinzu. „Das wird deiner Großmutter wieder peinlich sein", wandte er sich an Marion, „wo sie doch immer so viel über dieses Dorf erzählt hat. Darüber, wie schön es dort ist!"

Am nächsten Tag reiste der Onkel Gerhard zurück nach Wien, aber Tante Nadja und die Kinder blieben noch einige Wochen länger.

Marion war jetzt ein großes Vorbild für die beiden eher ruhigen Cousins. Sie eiferten ihr gerne nach und bemühten sich, ihr zu gefallen.
Einmal saßen sie alle am Fenster im oberen Stockwerk und langweilten sich ein wenig. Also beschloss Marion die Cousins mit einer kleinen Show zu unterhalten. Sie kletterte zunächst auf das Fensterbrett und stand langsam auf. Dann machte sie am offenen Fenster eine Waage (das ist eine Turnübung, bei der man sich auf einem Bein stehend nach vorne beugt, während man das andere Bein nach hinten hochhebt). Die beiden Cousins sahen ihr bewundernd zu und Marion genoss das sehr.
„Wollt ihr auch hoch?", fragte sie gönnerhaft. Die zwei kleinen Buben nickten und Marion half ihnen, zu ihr auf das Fensterbrett hochzuklettern.
„Seht mal, man kann die Beine raushängen lassen. Das macht Spaß!" Marion hielt die Kinder fürsorglich

fest, während Harald und Mischa ihre kurzen Beine über den Rand des Fensterbrettes schoben. „Gut gemacht!", lobte sie ... Die zwei Buben saßen jetzt links und rechts von ihr und es sah lustig aus, wie da drei Paar braungebrannte Beine aus dem offenen Fenster hingen und baumelten ...

Aber plötzlich fehlte ein Paar Beine. Marion wunderte sich einen Augenblick lang darüber, dass der Platz rechts neben ihr plötzlich leer war ... Dann ertönte ein lautes Geschrei ... Marion sah nach unten und bemerkte, dass Harald offensichtlich aus dem Fenster gestürzt war.

Blitzschnell sprang sie in den Raum zurück und zog Mischa vom Fensterbrett.

„Schnell, weg hier!", flüsterte sie. „Und zu niemandem ein Wort! Sonst gibt es Ärger. Verstehst du? Richtig großen Ärger!!"

Sie schlichen nach unten, wo die liebe Oma und die Tante sich bereits um Harald kümmerten.

„Kind, da hast du aber einen Schutzengel gehabt!", sagte die Oma, „Weil anscheinend ist nichts Schlimmes passiert! Sie bewegte vorsichtig ein Gelenk nach dem anderen und kam zu dem Schluss, dass nichts gebrochen war.

Plötzlich begann Harald auf Tschechisch zu zählen: „Jeden, tva, tři, čtyři ..."

„Was soll das?", fragte die Oma erstaunt und wechselte einen bestürzten Blick mit ihrer Tochter.

„Ich muss doch ausprobieren, ob ich noch normal bin!", entgegnete der Vierjährige ernsthaft und darüber mussten die Erwachsenen dann doch, trotz aller Sorge, lachen.

„Wie ist denn das überhaupt passiert?", fragte die liebe Oma zuletzt.

Der Cousin aber sah zu Marion hinüber und schwieg. Dann begann er abermals zu zählen und wollte gar nicht mehr damit aufhören.

„Ich bin noch ganz gescheit, sieh nur, wie weit ich zählen kann … 51, 52, 53, … ich zähle jetzt bis 100 für dich Oma! 54, 55, 56, …" Und dann zählte er vor sich hin, bis die liebe Oma ihre Frage zum Glück wieder vergaß.

„Kommt Kinder, ich mache euch jetzt einen Kakao!", sagte sie zuletzt.

Später am Abend meinte sie noch seufzend zu Marion: „Pass ein bisschen auf den Harald auf! Er ist so tollpatschig! Ständig verletzt er sich irgendwie!"

Marion nickte eifrig und schwieg betreten …

…

Als der Tag der Abreise kam, ließ die liebe Oma Marions Mutter ausrichten, dass sie ein sehr braves Mädchen gewesen sei. Und, dass sie sich auch so lieb mit den kleinen Buben gespielt hätte.

Aber Marion wusste: Der liebe Gott sieht alles und zurück bei ihrer eigenen Großmutter, würde das am nächsten Samstagabend eine lange Beichte werden. Mit 30 Ave-Marias als Buße.

Ein neuer bester Freund

In der vierten Klasse kam ein neuer Schüler in Marions Klasse. Ein dicklicher Junge mit einer Brille und wie gemacht, für den Spott der anderen Kinder.

Am ersten Schultag, steckten jene vier Mädchen, die immer die schönsten und teuersten Kleider trugen, ständig ihre Köpfe zusammen. Sie kicherten albern, während sie zwischendurch immer wieder zu dem Jungen hinübersahen. Dann flüsterten sie aufgeregt herum, bevor sie erneut in Gekicher ausbrachen.

Der neue Schüler stand verlegen herum und wich mit gesenktem Kopf allen Blicken aus.

Marion pflanzte sich vor den Mädchen auf: „Ihr hört jetzt sofort auf zu kichern! Verstanden!?", sagte sie bestimmt. Dann schlenderte sie zu dem Jungen.

„Die sind doof, die brauchst du nicht ernst zu nehmen!", meinte sie beiläufig. „ Ich bin Marion, aber du kannst mich auch gerne Mario nennen!", sagte sie dann, „Und wie heißt du?"

„Markus", antwortete der Junge und blickte erstmals hoch.

Nach der Schule begleitete Marion Markus nachhause. Seine Mutter öffnete die Tür und war hocherfreut, dass ihr Sohn gleich am ersten Schultag Anschluss gefunden hatte.

„Kommt rein, Kinder!", rief sie aufgekratzt, „Die Germknödeln sind schon fertig! Willst du mit uns essen?", fragte sie Marion und ohne ihre Antwort abzuwarten, stellte sie einen zusätzlichen Teller auf den Tisch.

Nach der Mahlzeit gingen die Kinder dann in den Garten.

„Mein Opa hat da hinten Kaninchenställe!", erklärte Markus. „Und mit den Hasen dürfen wir auch spielen! Komm, ich zeig' dir die Babys!"

Sie gingen in den Garten und verweilten kurz bei den Blumen, die Marion augenblicklich auffielen, weil sie ganz besonders schön waren. Dann kamen mehrere offene Gemüsebeete und daneben sogar ein kleines Glashaus für den Salat. Ganz hinten aber, unter einem überhängenden Holundergebüsch, waren acht selbstgebaute, hölzerne Kaninchenställe, je vier und vier übereinandergestapelt. Vorne waren sie alle nur mit einem einfachen Riegel verschlossen und ein grobes Maschengitter erlaubte einen guten Blick auf die Tiere.

„Wir dürfen sie auch rausnehmen!" Markus öffnete das Türchen, hinter dem die Kaninchenmutter mit ihren Jungen saß und drückte Marion zwei niedliche Jungtiere in die Hand. Sie fühlten sich flauschig und anschmiegsam an und Marion war begeistert.

„Oh, sind die süß! So was Liebes hab' ich mir immer gewünscht!", stammelte sie fassungslos.

„Wenn ich mit meinem Opa rede, darfst du dir sicher eins aussuchen!", sagte Markus großzügig.

„Das erlaubt meine Großmutter nie", entgegnete Marion traurig.

„Du kannst dir aber trotzdem eins aussuchen und es dann immer hier bei uns besuchen!", schlug der Junge vor.

„Wirklich? Du bist mein bester Freund!", rief Marion und entschied sich für ein schwarz-weiß geflecktes Kaninchenbaby.

„Darf ich ihm auch einen Namen geben?"

„Klar!", antwortete Markus. „Es ist ja jetzt deines! Natürlich musst *du* ihm den Namen geben!"

„Dann heißt er Flecki!", entschied Marion.

„Meiner ist dieser Rotbraune hier und ich nenne ihn Fuchsi! Komm, holen wir uns was vom Gemüsegarten, dann können wir sie füttern!", rief Markus. Die Kinder pflückten zunächst nur etwas Karottenkraut vom Beet. Dann beugte Markus sich zu Marion und flüsterte:

„Geh vor und pass auf, dass mein Großvater nicht kommt, dann zieh' ich auch noch ein paar ganze Wurzeln aus der Erde! Der Opa erlaubt zwar nicht, dass ich so kleine Karotten schon ernte, aber den Kaninchen schmecken die halt viel besser, weil sie noch ganz zart und süß sind!", erklärte er.

Danach fütterte Marion ihr Kaninchen zum ersten Mal und sie fühlte sich so glücklich, wie selten zuvor in ihrem Leben.

In den folgenden Wochen fieberte Marion dem Ende der letzten Stunde täglich aufgeregt entgegen. Und nach der Schule begleitete sie Markus nach Hause, um Flecki zu besuchen.

Eines Tages, sah sie im Garten, an der Wäscheleine, ein längliches Stück Fleisch hängen.

„Was ist das?", fragte sie bestürzt.

„Das ist nur der Kaninchenbraten für den nächsten Sonntag!", antwortete der Großvater. „Ich schlachte jetzt noch einen zweiten Hasen! Du kannst gerne zuschauen!", fügte er großzügig hinzu.

Marion sah entsetzt, wie der alte Mann mit festem Griff eines der Kaninchen an den Ohren aus dem Stall zerrte. Dann drehte er ihm den Hals um und wartete, bis das Gezappel nachließ und der Körper des Tieres zuletzt schlaff wurde.

„So, jetzt ist er schon im Kaninchenhimmel!", bemerkte der Opa schmunzelnd, holte dann ein Messer und schlitzte das Kaninchen am Bauch auf. Dann zog er dem Tier mit geübten Griffen das Fell ab, rammte ihm einen eisernen Haken durch den Hals und hängte es zu dem anderen auf die Wäscheleine.

Marion war wie erstarrt. Lange Zeit konnte sie kein Wort herausbringen. Dann fragte sie.

„Aber, warum machst du das? Die Kaninchen sind doch so lieb!"

„Kind, die Kaninchen sind zum Essen da!", antwortete der Opa. „Wenn sie klein sind, könnt ihr auch gerne mit ihnen spielen, nur irgendwann müssen die auch wieder weg! Sonst würden die ja immer mehr werden! Was soll ich denn mit hunderten von Kaninchen machen? ...

Aber so bekommen die laufend Junge und wir können jeden Sonntag Hasenbraten essen, ohne dass wir teures Fleisch beim Metzger kaufen müssen! Und was glaubst du eigentlich, wo das ganze Fleisch im Geschäft herkommt? Das war auch alles mal ein Baby-Tier auf einem Bauernhof!"

„Ich werde nie wieder Fleisch essen!", sagte Marion mit tiefer, innerer Überzeugung. „Das ist so gemein", fügte sie bebend vor Abscheu hinzu. „Das ist noch schlimmer, als zu jagen! Weil bei der Jagd hat das Tier noch die Chance, davonzulaufen ... Wenn man Tiere züchtet hingegen, erschleicht man sich ihr Vertrauen, indem man sie füttert und streichelt. Man verhält sich so, dass die Tiere glauben, man wäre ihr Freund. Und dann, eines Tages, bringt man sie einfach um, nur damit man sie essen kann!!"

„Na, na, na, Kindchen! Du bist wohl ein bisschen zart besaitet? Ein bisschen überspannt! Hm!? Nun, denk doch mal nach! Am Sonntag willst du doch auch Braten essen? Oder?!", fragte der Opa verwundert.

„Ich hab' nicht gewusst, wo der Braten herkommt", stammelte Marion verlegen. Jetzt weiß ich es und ich werde nie wieder Fleisch essen!"

„Man sollte seinem Herrgott danken, wenn man zu essen hat. Seit Menschen leben, essen Menschen Tiere. Das hast du doch im Religionsunterricht schon gelernt! Tiere darf man töten. Man muss ja was essen und der Mensch braucht Fleisch, um gesund zu bleiben!" Mit dieser Bemerkung beendete der alte Mann das Gespräch und schlurfte kopfschüttelnd zum Haus zurück.

„Esst ihr alle diese Kaninchen irgendwann?", fragte Marion Markus.

„Ja, wenn sie dann alt genug sind."

„Auch Flecki und Fuchsi?"

„Ich fürchte, auch die wird Opa eines Tages schlachten. Aber ich werde mit ihm reden. Vielleicht schenkt er sie uns wirklich und wir dürfen sie für immer behalten. Nur weißt du, Opa sagt, die werden sehr groß und stinken dann. Und bis dahin gibt es längst wieder neue Babys zum Spielen und dann können wir uns wieder eines aussuchen."

„Ich will aber Flecki behalten!", beharrte Marion.

„Jetzt ist er eh noch klein, da besteht keine Gefahr", beschwichtigte Markus sie.

...

...

Irgendwann kam dann doch der Tag, an dem Flecki und Fuchsi für den Sonntagsbraten sorgen sollten. Markus hatte seinen Opa immer wieder gebeten, die beiden zu verschonen, aber inzwischen waren sie die Letzten ihrer Generation.

„Jetzt mussen wir sie leider schlachten", **sagte** der Opa, „denn die anderen sind alle noch zu jung."

„Versprich mir, dass du am Sonntag nicht von Fleckis Fleisch isst!", sagte Marion eindringlich zu Markus, „Weil sonst sind wir keine Freunde mehr!"

„Ich verspreche es!"

„Und? Wie war's am Sonntag?", fragte Marion montags in der Schule.

„Ich hab den ganzen Vormittag geweint und mittags nichts gegessen. Aber sie haben mich dann gezwungen. Mein Vater ist zornig geworden und hat mich mit dem Gürtel verhauen. Und er hat gesagt, er hört erst auf, wenn ich das Fleisch esse ..."

„Und was hast du gemacht?", fragte Marion.

„Ich hatte keine Wahl! Es tut mir leid! Ich hab´s gegessen! Aber nachher bin ich auf die Toilette gegangen, hab' den Finger in den Mund gesteckt und erbrochen!"

In den folgenden Wochen ging Marion nicht mit zu Markus. Sie streifte jetzt wieder durch die Wälder und besuchte täglich ihr Reh, das sie zu Fleckis Lebzeiten ziemlich vernachlässigt hatte. Hansi war nicht nachtragend und erkannte sie sofort wieder. Er freute sich über die Extraportion an jungen Himbeerblättern, die Marion für ihn gesammelt hatte und als ihre Hände dann leer waren, stupste er sie aufmunternd an.

„Du kleiner Vielfraß!", flüsterte Marion zärtlich, während sie Hansi streichelte.

Nach einiger Zeit war Marion dann doch wieder einmal bei Markus zu Besuch. Sie hatten jetzt die ersten Schularbeiten und die Kinder lernten zusammen ... Nach den Hausaufgaben tischte Markus' Mutter eine üppige Nachmittagsjause mit Torte auf und packte auch noch einige Stücke für Marion ein.

„Ich fand es schade, dass du so lange nicht mehr da warst", sagte sie lächelnd. „Du tust dem Markus gut! Bleib doch noch ein bisschen länger! Ihr könnt auch gerne in den Garten, zum Ballspielen! ... Aber passt auf die Blumen auf!", rief sie den Kindern noch nach, die bereits mit dem Fußball nach draußen stürmten.

Als sie dann müde waren, zog Markus Marion in den hinteren Teil des Gartens.

„Es gibt neue Babys!", sagte er und nahm die Jungen aus dem Stall. „Da! Nimm mal eins!"

„Oh wie süß!" Marion streichelte das kleine Tierchen, das noch kaum die Augen offen halten konnte, aber dann tropften ihre Tränen auf das seidige, weiche Fell …

„Willst du dir nicht wieder ein neues Häschen aussuchen?", fragte Markus. „Schau! Das hier ist Stupsi, der hat ganz blaue Augen!"

„Nein!", sagte Marion schroff und gab das Kaninchen zurück.

… Und sie weigerte sie sich in Zukunft konsequent, Fleisch zu essen.

Das Fenster und der Zug

Seit ihr Kaninchen Flecki ermordet und verspeist worden war, dachte Marion oft über den Tod nach. Man konnte an Krankheiten versterben, so wie die Freundin Valerie im Kindergarten. Man konnte im Schlaf ersticken, so wie das Kind der Familie Mair ... Auch ertrinken war eine Möglichkeit. Der Bruder eines Volksschulfreundes war in einem Fluss ertrunken und das Kleinkind einer befreundeten Familie im Swimming Pool. Auch wenn man aus dem Fenster stürzte, konnte man tot sein. Und durch einen Verkehrsunfall verlor man ebenfalls leicht sein Leben ...
Marion hatte Angst vor dem Dunkeln, aber nicht vor dem Tod. Sie begann, das Schicksal herauszufordern. Immer wieder lief sie mit Absicht ganz knapp vor einem Auto über die Straße. Sie kletterte auch oft aufs Fensterbrett, was sie immer schon gerne getan hatte. Aber jetzt beugte sie sich immer noch waghalsiger aus dem Fenster, voll Interesse, herauszufinden, wo die Grenze des Möglichen war. Einmal verlor sie dabei plötzlich das Gleichgewicht.
„Das war's! Jetzt werde ich sterben!", schoss es ihr jäh durch den Kopf, während sie sich gleichsam in Zeitlupe fallen fühlte. Aber dann fing sie sich doch noch mit einer Hand am Fensterbrett. Eine Zeitlang hing sie so regungslos fest. Ihre dünnen Arme waren zu schwach, um sich einfach daran hochzuziehen und bald würde sie auch zu kraftlos sein, um sich weiter festzuhalten ... Ihr ganzes Leben wirbelte, in Bilder

zerhackt, durch Marions Kopf ... Erinnerungen schossen durch ihr Bewusstsein wie ein Feuerwerk und regneten dann in verglühenden Funken hernieder ... Gleich würde sie fallen ... Fallen, wie ein Blatt fällt, stürzen, wie ein Stein ...

Doch dann schaffte sie es irgendwie doch noch, einen Fuß über das Fenstersims zu schieben und mit Hilfe des Beines gelang es ihr, sich hochzuziehen, bis auf das rettende Fensterbrett. Dort blieb sie eine Weile erschöpft liegen, bevor sie ernüchtert zurück ins Zimmer schlüpfte.

...

Die Ortschaft lag an einer Bahnlinie, die in die eine Richtung bis an den See führte. In die Gegenrichtung jedoch, verband sie das Dorf mit der nächsten Kreisstadt. Vor einem Jahr hatte es einen schrecklichen Unfall gegeben. Zwei 14jährige Mädchen waren vom Zug erfasst und getötet worden. Der Lokführer sagte aus, die Kinder seien ihm auf den Geleisen gehend, entgegengekommen ... Keiner konnte sich erklären, wie sie auf so eine idiotische Idee hatten kommen können ... Das Thema wurde dann in allen Schulen ausgiebig behandelt.

„Unter keinen Umständen dürft ihr auf den Geleisen balancieren oder von Schwelle zu Schwelle springen! Die Bahngeleise sind kein Spielplatz! Wenn ihr das nicht beachtet, dann kann es euch auch so ergehen, wie diesen beiden armen Mädchen!", warnten die Lehrer eindringlich.

Marion liebte den Nervenkitzel, den es ihr fortan bereitete, die Strecke von ihrem Haus bis zum Wald, auf den Schwellen der Bahngeleise zurückzulegen. Sie genoss auch die entsetzten Blicke, so sie jemand dabei sah. Einmal, als Marion gerade mit gesenktem Kopf und in Gedanken von Schwelle zu Schwelle hüpfte, ertönte plötzlich eine laute Zugsirene. Marion schreckte hoch und sah den Zug bereits in einiger Entfernung auf sich zukommen.

„Schnell weg!", dachte sie und wollte flink von den Geleisen springen. Jedoch konnte sie sich plötzlich nicht mehr rühren. So sehr sie es auch versuchte, ihr Körper bewegte sich keinen Zentimeter weiter. Marion erkannte bereits den Umriss des Lockführers im Führerhaus der Lokomotive, die immer näher und näher kam. Dann konnte sie auch schon seinen entsetzten Gesichtsausdruck sehen ... Gleich würde sie bei Flecki sein ... In seiner Verzweiflung betätigte der Mann noch einmal laut und lange die Sirene.

„UUUUUUU!!!"

In diesem Augenblick löste sich Marions Erstarrung wieder. Im letzten Moment sprang sie behände von den Geleisen und ließ sich die Bahnterrasse hinunter rollen.

„Hoffentlich hat mich niemand gesehen", dachte Marion. „Weil wenn das die Großmutter erfährt, die bringt mich um!"

Im Dunkeln

„Ich bin es jetzt müde, dass ich immer noch im Dunkeln Angst habe, wie ein Baby", dachte Marion. „Ich muss mir das abgewöhnen! Aber wie?", grübelte sie."

Dann hatte sie plötzlich eine Idee. In der folgenden Nacht, schlich sie im Finstern die hölzerne Treppe hinunter, bis zur Kellertür.

Sie öffnete diese und ging zunächst zwei Stufen nach unten. Dann blieb sie stehen. Marion biss sich auf die verkrampften Finger um nicht zu schreien, aber sie lief diesmal nicht, wie sonst, in Panik weg. Sie stand nur ganz still da und wartete. Nach einigen ganz furchtbaren Augenblicken, wurde die Angst zu ihrer großen Überraschung wieder schwächer und Marion stieg beherzt noch eine dritte Stufe nach unten. Sofort nahm die Furcht wieder zu, aber auch diesmal wartete Marion tapfer so lange, bis ihre Panik von selbst wieder verschwand. Dann ging sie erschöpft in ihr Bett zurück.

In der nächsten Nacht suchte Marion wiederum den Keller auf. Diesmal schaffte sie es bereits, fünf Stufen nach unten zu gehen. Dann blieb sie stehen und beobachtete, wie das beklemmende Gefühl von ihr Besitz ergriff … wie es sie würgte und ihr den Atem nahm … bis es dann wieder von ihr abließ, ohne dass etwas Böses geschah.

Von Tag zu Tag wurde Marion mutiger und am Ende von zwei Wochen konnte sie in einem Zug die ganze

Kellertreppe nach unten steigen. Am Ende von drei Wochen, war es ihr dann auch möglich, unten in den Kellerräumen herumzugehen. Zwar kam die Angst aufs Neue, aber Marion wusste jetzt schon, dass sie nur still stehen bleiben musste und warten ... denn irgendwann verging das bedrohliche Gefühl ja von selbst. Inzwischen konnte sie ihre Furcht beobachten, so wie man ein gefährliches Tier ins Auge fasst. Und immer ließ die Bestie nach einigen Minuten wieder von ihr ab, ohne sie zu verschlingen. Marion lächelte zufrieden.

„Jetzt hab´ ich es geschafft!", dachte sie glücklich und fasste einen kühnen Entschluss. „Morgen werde ich des Nachts in den Wald gehen! ... Oder vielleicht doch nicht? Was, wenn die Großmutter merkt, dass ich nicht da bin?"

Aber sie wollte sich unbedingt beweisen, dass sie jetzt kein Baby mehr war, sondern groß und vernünftig und fähig, ihre Angst zu kontrollieren.

Also wartete sie, bis im Haus alles ruhig war und Mutter und Großmutter schliefen. Dann ging sie so leise wie möglich nach unten ... Wie immer vermied sie es, die Stufen fünf und neun mit ihrem Gewicht zu belasten, denn sie wusste, dass die Treppe an diesen Stellen verdächtig knarrende Geräusche von sich gab. Vorsichtig schloss sie das schwere Haustor auf und schlich nach draußen. Dann deponierte sie den Schlüssel unter einem Stein und ging durch die Ortschaft, Richtung Wald. Sie hoffte inständig, niemandem zu begegnen, den sie kannte. Hinter dem Haus des Doktors bog sie dann rasch von der Straße ab und ging auf einem kleinen Kiesweg hinein in den Wald. Die ungewohnten Geräusche der Nacht stimulierten ihre Angst aufs Neue und ihr Herz klopfte so laut, dass sie es deutlich hören konnte. Wieder blieb sie stehen und wartete. Und wieder verebbte das Gefühl so schnell, wie es gekommen war. Marion ging mutig und entschlossen bis nach hinten, wo Hansi, das Reh wohnte. Dann bekam sie einen kleinen Schreck, denn Hansis Augen glühten leuchtend grün im Finstern. Marion wagte nicht, allzu lange zu verweilen.

„Hansi, ich hab jetzt keine Angst mehr im Dunkeln!", flüsterte sie nur schnell und trat dann wieder den Heimweg an. Einmal stolperte Marion über eine lose Baumwurzel und kurz darauf erschrak sie, weil ein Käuzchen schrie. Am Ende war sie, trotz aller Abenteuerlust, dann doch recht froh, die Lichter der Ortschaft wieder zu sehen. Den Weg durch das Dorf legte sie im Laufschritt zurück und zuletzt galt es nur noch, unbemerkt ins Haus zu kommen.

„Ich habe keine Angst mehr im Dunkeln!", dachte sie stolz, als sie dann wieder in ihrem Bett lag. Und überflutet von diesem erhebenden Gefühl, schlief sie rasch ein.

Die Aufnahmeprüfung

„Marion, ich muss mit dir reden!", sagte die Mutter und ihr Gesicht war sehr ernst.

„Ja", sagte Marion zaghaft.

„Weißt du, die Großmutter ist schon zu alt, die kann nicht mehr ständig auf dich aufpassen. Das weißt du doch! Oder?"

„Ja", flüsterte Marion.

„Deshalb habe ich beschlossen, dass du in ein Internat kommst ... Es sieht dort aus, wie in einem alten Schloss und rundherum ist ein riesiger Park. Ich war selbst auch im Internat und das war eine sehr schöne Zeit in meinem Leben. Ich habe von den Nonnen viel darüber gelernt, was wirklich zählt im Leben und ich bin mir sicher, dass das Internat auch für deine Zukunft ein Gewinn sein wird ...

Es ist ja nicht so, dass wir uns gar nicht mehr sehen. Alle 14 Tage darfst du nachhause fahren und da machen wir uns dann ein schönes Wochenende. Allerdings ist dort auch am Samstag Schule, deshalb kann ich dich erst zu Mittag abholen. Aber du darfst zuhause schlafen und an diesem Tag länger aufbleiben. Am Sonntag musst du dann um sechs Uhr abends wieder zurück sein."

„Aber da bin ich ja jeden Tag dort! Am Samstag noch bis Mittag und am Sonntag auch wieder am Abend!"

„Na ja, beschwer dich nicht. Andere Kinder, die weiter weg wohnen, fahren oft nur drei Mal im Jahr nachhause. Zu Allerheiligen, zu Weihnachten und zu

Ostern. Und *du* kannst jede zweite Woche heimfahren!!"

„Und was sind da für Kinder in dem Internat?", fragte Marion misstrauisch. „Sind das lauter Kinder, die keiner mehr haben will?"

„Aber nein!! Wie kommst du denn darauf? Das sind sicher lauter liebe Mädchen, deren Eltern halt auch viel arbeiten müssen und die keine andere Betreuungsmöglichkeit haben!!"

„Lauter Mädchen?!!", fragte Marion befremdet.

„Ja, lauter Mädchen! Das ist ein Mädchenpensionat, also sind dort nur Mädchen. Es wird Zeit, dass du kapierst, dass du ein Mädchen bist! Du kannst dich nicht ewig benehmen, wie ein Bub! Das geht doch nicht! Aber das Internat wird schon dafür sorgen, dass aus dir am Ende doch noch eine gesittete, junge Dame wird. Du kannst ja nicht für immer so ein Wildfang bleiben!"

„Aber ich will doch kein Mädchen sein! Und schon gar keine gesittete, junge Dame!"

„Das Internat wird das schon alles richten!", antwortete die Mutter bestimmt. „Bevor du dort aber aufgenommen werden kannst, musst du die Aufnahmeprüfung schaffen! Das ist ganz wichtig! Ich werde mit dir lernen, damit du lauter Einser im Zeugnis hast und dann können wir nur hoffen, dass du diese Prüfung bestehst. Weil die ist dort noch schwerer, als in den öffentlichen Gymnasien."

Als der große Tag der Aufnahmeprüfung gekommen war, fuhren die Mutter und Marion erstmals zusammen in das Internat. Das alte Gebäude war düster und die Nonnen, die geschäftig durch die Gänge schwirrten, blickten so ernst und streng, dass Marion ein bisschen unheimlich zumute wurde.

Zuerst gingen sie rasch zur Anmeldung. Die Präfektin streifte Marion kurz mit einem wissenden Blick.
„Sie kommen recht spät!", sagte sie strafend zu ihrer Mutter. „Lassen Sie sich das gleich ein für alle Male gesagt sein, Pünktlichkeit gehört zu den unumstößlichen Prinzipien unseres Hauses. Also, wie heißt sie?"
„Maria Weidinger", sagte die Mutter.
„Zeugnis?", fragte die Nonne und streckte die Hand aus.
„Sie hat lauter Einser!", beeilte sich Marions Mutter zu sagen, während sie in ihrer Designerhandtasche aus Paris kramte.
Die dickliche Nonne hob die Augenbrauen und ihr linker Mundwinkel zuckte spöttisch.
„Wir werden sehen", sagte sie gönnerhaft. „Diese Kinder vom Land haben oft lauter Einser, aber das heißt nichts. Am Land ist das Niveau meist nicht so hoch. Hier aber messen sich die Besten der Besten!", fügte sie stolz hinzu …
Danach folgten sie den Schildern, die den Weg zu einem großen Saal wiesen, wo die Prüfung stattfand.
Die schwere Flügeltüre öffnete sich mit einem lauten Knarren, als Marion eintrat und alle Augen richteten sich auf sie. Das Examen hatte bereits begonnen

und man wies sie im Flüsterton an, gleich neben der Tür Platz zu nehmen.

Zuerst war ein Aufsatz zu schreiben und unmittelbar danach folgten dann Rechenaufgaben ...

Draußen auf dem Gang standen währenddessen die aufgeregten Eltern. Die hatten allen Grund, besorgt zu sein. Schließlich hing die Zukunft ihrer Kinder von dieser Prüfung ab. Im Alter von zehn Jahren wurde damals entschieden, wer ein Gymnasium besuchen durfte und wer nicht. So man durch das Examen fiel, hatte man kaum mehr die Möglichkeit, später einmal zu studieren.

Als die Kinder wieder aus dem Prüfungssaal kamen, überfielen die Eltern sie mit bangen Fragen.

„Hoffentlich hast du es geschafft!", sagte Marions Mutter. „Weil sonst kannst du später nur als Verkäuferin arbeiten!"

„Was ist daran so schlimm?", fragte Marion.

„Das verstehst du jetzt noch nicht", antwortete die Mutter seufzend. „Aber, glaub mir! Ich will nur das Beste für dich!"

Man konnte dann für ein paar Stunden weggehen, denn die Ergebnisse wurden erst am späten Nachmittag verkündet. Marion und ihre Mutter schlenderten in die Stadt und aßen dort zu Mittag. Dann machten sie noch einen kleinen Spaziergang durch das Stadtzentrum.

„Schon schön hier!", sagte die Mutter. „Du kannst dich glücklich schätzen, an so einem schönen Ort zur Schule zu gehen ..."

Um vier Uhr ging es wieder zurück ins Internat. Dann wurden die Ergebnisse verlesen. Die Namen jener Schülerinnen, die bestanden hatten, wurden in alphabetischer Reihenfolge aufgerufen und sie bekamen eine Bestätigung über die erfolgreich abgelegte Prüfung ausgehändigt. Da Marions Familienname mit W begann, blieb es spannend bis zum Schluss. Dann, ganz am Ende, fiel doch noch ihr Name: Maria Weidinger.

Die Mutter umarmte Marion euphorisch: „Ich hab's ja immer gewusst, dass du es schaffst!", sagte sie überglücklich. „Ich bin ja so stolz auf dich!!"

Zuletzt wurden jene Schüler, die bestanden hatten, aufgefordert, sich hinten, vor dem Büro anzustellen, wo noch die Anmeldung fürs Internat abzuwickeln war.

„Bestanden!", sagte die Mutter stolz zur Präfektin.

„Also, dann nehmen wir mal die Daten auf", antwortete diese unbeeindruckt.

„Name?"

„Maria Weidinger. Aber sie hat es lieber, wenn man sie Marion nennt."

„Immer diese neumodischen Namen!", antwortete die Nonne unwirsch. „Maria ist doch ein wunderbarer Name! Der Name der Mutter unseres Herrn Jesus! Du solltest stolz darauf sein, ihn tragen zu dürfen! Verstehst du, Maria?", fügte sie bestimmt hinzu.

„Taufschein und Geburtsurkunde?"

Die Mutter schob die verlangten Papiere über den riesigen Schreibtisch.

„Familienstand?"

„Geschieden", antwortete die Mutter und errötete.

„Aha!!", sagte die Nonne streng. „Geschieden also!", wiederholte sie. Dann nahm sie einen roten Stift und brachte neben Marions Namen eine dicke Markierung an.

„Das macht dann 1200 Schilling für das Internat und 300 für den Schulanfang!"

„Jetzt gleich?", fragte die Mutter verdutzt.

„Ja!"

„Das ist mir jetzt aber sehr peinlich, aber so viel hab' ich nicht dabei!", stammelte Marions Mutter verlegen.

„Na dann machen sie halt eine Anzahlung und begleichen den Rest, wenn sie das Kind mit den Sachen hierherbringen. Und zwar am 31. August, zwischen 16 und 18 Uhr. Aber bitte pünktlich!! Verstehen wir uns?!"

Als sie das Internat verließen, befiel die Mutter ein ungutes Gefühl. Diese Präfektin war so unwirsch. So ganz anders, als sie die Nonnen aus ihrer eigenen Internatszeit in Erinnerung hatte. Sie war auch beunruhigt, ob der Markierung hinter Marions Namen. Zu gut erinnerte sie sich noch an Zeiten, als Lehrer die Namen der jüdischen Schüler mit einem Stern markiert hatten.

Aber dann schob sie ihre Befürchtungen wieder beiseite.

„Komm Marion! Jetzt gehen wir noch ein bisschen feiern!", sagte sie und bemühte sich, ihre Stimme fröhlich und unbeschwert klingen zu lassen. „Möchtest du lieber ein Eis oder ein Stück Torte?"

„Hm! Ich weiß nicht! Ich kann mich nicht entscheiden, weil beides so gut ist!", antwortete Marion.

„Ach, was soll's! Heute ist ein besonderer Tag! Heute kannst du beides haben!!", entschied die Mutter lächelnd.

Alltag im Internat

Am ersten Abend wurden die Kinder in den riesigen Schlafsaal geführt, wo 24 Betten standen. In der Mitte des Raumes war eine kleine Kabine, eigentlich war es nur ein Bett mit Nachtkästchen, das von dünnen Wänden umgeben war. Hinter diesem Sichtschutz schlief eine der Nonnen, deren vornehmliche Aufgabe es war, die Kinder auch nachts zu beaufsichtigen.

Nachdem das Licht gelöscht war, lag Marion noch lange wach. Sie war zwar aufgeregt, aber guter Dinge. Letztlich hatte sie sich immer ein Leben ohne Großmutter gewünscht.
In der ersten Nacht, hörte sie ein Mädchen weinen.
„Die Martina hat Heimweh!", wurde den Kindern am nächsten Tag erklärt ...

„Guten Morgen! In Gottes Namen aufstehen!", sagte die Stimme der Nonne um sechs Uhr morgens.
Dann sprangen alle aus ihren Betten. Im Bad hatte jedes Kind sein eigenes Waschbecken, das man nach Gebrauch auch zu reinigen hatte. Die Nonne zeigte es einmal vor. „Wenn ihr dann weg seid, kontrolliere ich die Waschbecken!", sagte sie. „Und ihr bekommt an jedem Tag eine Note darauf! Wenn euer Notenschnitt schlecht ist, dann müsst ihr nächste Woche jeden Tag zur Frühmesse gehen. Die beginnt um fünf Uhr! Das heißt, ihr müsst um vier Uhr aufstehen!

Also überlegt euch das gut! Wenn ihr noch flüstert, nachdem ich das Licht abgedreht habe, müsst ihr auch zur Frühmesse. Wenn ihr heimlich im Bett esst oder wenn ich Kaugummi finde, natürlich auch.

Ihr müsst auch euer Bett machen. Auch darauf gibt es täglich eine Note. Im Großen Schlafsaal an der Wand befindet sich eine Liste, in der alle eure Noten eingetragen werden. Eine Note für das Waschbecken, eine für das Bett und eine für euer Benehmen. Wer am Ende der Woche einen Notendurchschnitt von mindestens 1,5 hat, darf zur Belohnung eine zusätzliche Freistunde haben. Aber wer unter 3,9 ist, muss in der folgenden Woche täglich zur Frühmesse."

Die Mahlzeiten fanden im Speisesaal statt.

„Komm, Herr Jesus, sei unser Gast und segne, was du uns bescheret hast." Eine Nonne teilte Essen aus und die Teller hatten leer zu sein, wenn sie wieder abgegeben wurden, sonst gab es keine Nachspeise. Während der Mahlzeiten war Ruhe angesagt. Unnötiges Geflüster wurde augenblicklich beanstandet und im Wiederholungsfall bestraft.

Dann ging es in die Schule.

Nach der Schule zurück in den Speisesaal.

Danach in den Studiersaal, wo die Kinder ihre Hausaufgaben machen sollten.

Von vier bis fünf gab es eine Stunde Freizeit, in der man tun durfte, was man wollte. Es war sogar gestattet, nach draußen ins Freie zu gehen, in den großen, schönen Park, solange man pünktlich um 17h zurück war. Da Marion keine Uhr besaß, war es allerdings immer schwierig zu wissen, wie viel Zeit noch übrig war ... Und jedes Zuspätkommen hatte augenblicklich zur Folge, dass die Freistunde am nächsten Tag gestrichen wurde.

Nach der Freistunde kam der zweite Teil der Studierzeit, der bis zum Abendessen dauerte.

Dann wieder in Zweierreihen und ohne ein Wort zum Speisesaal.

Danach rüber in die Villa, wo man nachsehen konnte, welche Noten man auf das Waschbecken und das Bett bekommen hatte.

Dann umziehen, waschen, Zähne putzen ...

Wer bald genug fertig war, durfte zuletzt noch mit den anderen Kindern spielen oder lesen, bis um 9Uhr das Licht gelöscht wurde.

Marion fügte sich nicht ein.

In der ersten Nacht hatte sie nicht geweint, aber in vielen, die folgten.

Nonnen sind gut

„Mutti, ich will nicht in diesem Internat bleiben!",
sagte Marion verzweifelt.

„Jetzt mach uns doch nicht das Wochenende kaputt
mit deinem unnötigen Gejammer!", antwortete die
Mutter. „Die Klosterschwestern sind gute Menschen,
auch wenn ein Kind wie du, das noch nicht immer
verstehst. Jede dieser Frauen, hat darauf verzichtet
selbst zu heiraten und eine eigene Familie zu grün-
den. Das ist ein großer Verzicht!! Sie bringen dieses
Opfer aber gerne, ihrem Herrn und Heiland zuliebe.
Weißt du eigentlich, dass jede dieser Nonnen eine
Braut Christi ist? Deshalb kann eine Nonne auch
nicht böse sein, selbst wenn dir das manchmal so
vorkommt. Es ist vielmehr so, dass *du* schlimm bist
und dich dringend ändern musst. Sonst nimmt das
eines Tages noch ein böses Ende mit dir. Ich muss
immer arbeiten und die Großmutter wird mit dir
nicht mehr fertig. Du bist an viel zu viel Freiheit gewöhnt, aber das tut kein gut! Und wenn du nicht
endlich lernst, Anweisungen zu befolgen und dich
irgendwo einzufügen, wirst du immer Schwierigkeiten haben im Leben. Glaub mir! Die Nonnen wissen,
was gut für dich ist. Sie führen dich auf den rechten
Weg, damit du eines Tages ein wertvoller Mensch
wirst und ein nützliches Mitglied der Gesellschaft. Ich
möchte mich ja später einmal nicht für dich schämen
müssen! Glaub mir! Die Nonnen wissen, was gut ist."

Bei jedem Besuch, weinte Marion schon ab Sonntag Mittag.

„Mutti, bitte! Ich will nicht ins Internat zurück! Ich werd' auch immer brav sein und der Oma helfen! Aber bitte, bitte bring mich nicht dorthin zurück!"

„Jetzt mach doch nicht schon wieder so ein Theater!", sagte die Mutter hilflos. „Es *muss* sein!!"

Marion heulte dann während der ganzen Fahrt und bei jedem Abschied schluchzte sie herzzerreißend.

„Mutti! Lass mich hier nicht allein! Mutti, bitte!"

...

Die Nonnen wiederum, hatten jedes Mal eine lange Liste mit Beschwerden vorzubringen.

„Die Marion fügt sich nicht ein! Sie ist bockig und verstockt und nimmt keinen Rat und keine Strafe an. Sie ist boshaft und ungehorsam und ein schlechtes Beispiel für die anderen Kinder", sagte die Präfektin.

Die Mutter wollte in den Boden versinken vor Scham und begann zu weinen.

„Sie scheint sehr starkes Heimweh zu haben", entgegnete sie zaghaft, „Vielleicht ist das der Grund für ihr Verhalten! Sie war bis jetzt bei ihrer Großmutter und die war wohl überfordert ... Ihr Vater kümmert sich nicht ... Ich weiß nicht, was ich machen soll!! Ich habe gehofft, das Internat wird ihr gut tun!", fügte sie verzweifelt hinzu.

„Tja, der Herr straft die Sünden der Eltern oft an den Kindern!", sagte die Klosterschwester vieldeutig. „Sie selbst führen ja wohl nicht gerade ein gottgefälliges Leben! Und das färbt eben auf so ein Kind ab, wenn es kein stabiles, christliches Elternhaus hat. Solchen Kindern kann man nur mit viel Mühe die Zucht des Herrn beibringen. Wenn Marion so viel weint bei den Besuchen, dann sollten wir diese Besuche seltener erlauben. Dann hört das sicher schnell auf! Lassen sie sich doch nicht von dem Kind erpressen! Man merkt, dass da ein Vater fehlt!! Sie sind schwach, in ihrer Haltung dem Kind gegenüber und das ist nicht gut. Vertrauen sie uns!! Wir haben da Erfahrung ... Ich schlage vor, dass wir den nächsten Besuch gleich einmal streichen! Sie sind doch einverstanden? Wir tun unser Bestes, ihr Kind zu erziehen, aber wenn sie immer wieder dazwischenfunken und das Mädchen bei den Besuchen verwöhnen, bedeutet jeder Besuch einen Rückschritt. Wenn das Kind erst auf uns angewiesen ist, wird es sich schon einfügen!"

„Sie wissen das sicher besser als ich", stammelte die Mutter eingeschüchtert.

„Gott ist barmherzig!", sagte die Präfektin. „Und er vergibt uns allen unsere Sünden. Sie sollten öfter zur Beichte gehen, auch wenn sie wegen ihrer Scheidung ohnehin vom Tisch des Herrn ausgeschlossen sind ... Belastet es sie eigentlich, dass sie die Kommunion nicht mehr empfangen dürfen?"

„Ich hab' meinen eigenen Glauben", sagte die Mutter zögernd.

„Man soll nicht seinen eigenen Glauben haben, sondern die Lehren unserer heiligen Kirche befolgen!", antwortete die Nonne und hob den Zeigefinger.

...

Als Marions Mutter ging, hatte sie wieder dieses ungute Gefühl. War es möglich, dass nicht alle Nonnen gut waren? War es möglich, dass sie nicht immer Recht hatten?

Sie wagte nicht, diese Gedanken weiter zu verfolgen. Schließlich hatten die Nonnen viel Erfahrung in der Kindererziehung. Und außerdem hatte sie keine andere Wahl.

„Marion, du darfst erst wieder nachhause, wenn du im Internat brav bist und zuhause nicht weinst!", sagte sie. „Das fühlt sich jetzt sicher hart für dich an, aber es ist zu deinem Besten!"

Und dann drehte sie sich ohne Umarmung um und war weg.

Marion setzte sich, dort wo sie stand, auf den Boden. „Ich hasse sie", dachte sie. „Ich hasse meine Mutter! Ich hasse diese Nonnen und ich hasse diesen lieben Gott!"

„Steh hier sofort auf! Es ist verboten, am Boden zu sitzen!" Eine Nonne, die zufällig vorbeikam, zerrte das Mädchen kopfschüttelnd am Arm hoch.

„Alles wegen meiner Großmutter!", dachte Marion, „Weil sie mich nicht mehr will, will meine Mutter mich auch nicht mehr. Und deshalb muss ich jetzt hier sein, bei diesen widerlichen Nonnen. Ich hasse meine Großmutter! ... Ich will, dass sie stirbt! Dann kann ich wieder nachhause. Ich will, dass sie stirbt!"

„Wollen wir Mutter und Kind spielen?", fragte Melanie. „Bist du mein Baby, Marion?"

„Ich will aber ein Bub sein!"

„Kannst du ja! Zuhause spiel ich das immer mit meinem kleinen Bruder. Komm her zu mir, mein Baby!"
Und schon hatte sie Marion auf den Schoss genommen und fing an, sie mit schaukelnden Bewegungen zu wiegen.

„Du musst jetzt weinen!"
Marion bemühte sich, ein kreischendes, weinerliches Baby nachzuahmen.

„Ja, mein kleines Schätzchen, wer wird denn so weinen!", flüsterte Melanie mütterlich und schickte sich sofort an, rhythmisch auf Marions Rücken zu klopfen. „Schlafe, mein Prinzchen schlaf ein", sang sie dann. Marion tat so, als würde sie einschlafen und Melanie legte sie auf den Boden. „Braves Baby!", sagte sie. Nach ein paar Minuten rüttelte sie Marion: „Hallo, mein süßer kleiner Mario, wach auf, es ist Zeit zum Essen!" Sie wies Marion an, sich aufzusetzen und band ihr eine Serviette um den Hals. Dann fütterte sie ihr Baby Mario eifrig mit Keksen und Schokolade. „Mmmmh!", sagte Marion und schluckte begeistert alles, was Melanie ihr in den Mund stopfte. „Braves Baby! Willst du noch mehr?" Marion nickte. „Dann bleib mal brav hier sitzen. Ich hol noch was aus meiner Vorratslade … Aber nicht weglaufen inzwischen! Sonst gibt es keine Belohnung für meinen kleinen Mario! Schön hier sitzen bleiben und auf Mama warten!" Melanie drückte Marion ihren flauschigen, weißen Plüschhasen in die Hand. „Damit kannst du dich inzwischen spielen."

Marion streichelte das Plüschtier, bis Melanie zurückkam. Plötzlich wurde sie traurig, weil sie wieder an ihr Kaninchen Flecki denken musste ... Der arme Flecki!!

Als Melanie mit der Schokolade zurückkam, sah sie, dass Tränen über Marions Gesicht liefen.

„Aber mein Baby!", rief Melanie. „Hast du denn deine Mama so sehr vermisst, dass du schon weinen musst?! Ach, mein kleiner Liebling, komm zu mir! Mama küsst deine Tränelein fort! ... Na? Ist es jetzt besser? Will mein kleiner Liebling jetzt noch mehr Schokolade?" Marion nickte und Melanie schob ihr ein neues Stückchen weiße Schokolade in den Mund.

„Mmh", sagte Marion und fiel Melanie um den Hals. „Gut!!! Mehr! ... Mama lieb!!!"

„Na gut, ein Stück noch, dann ist es genug für heute!", sagte Mama Melanie.

... Melanie war ein großes, dunkelhaariges Mädchen und für ihre 10 Jahre schon sehr reif und vernünftig. Sie war eine ausgezeichnete Schülerin und bald in allen Fächern Klassenbeste. Mit den strengen Regeln des Internats kam sie gut zurecht. Jedoch vermisste sie ihre kleinen Geschwister, die sie zuhause immer ausgiebig bemuttert hatte.

Marion war einen Kopf kleiner als Melanie und so leicht, dass man sie mühelos herumtragen konnte.

Auch war sie dankbar für die Zuwendung ihrer neuen Freundin und so entwickelte sich zwischen den beiden Kindern schnell eine starke Bindung ...

Es war angenehm, Baby zu spielen und von Melanie getragen, liebkost und gefüttert zu werden. Abends, vor dem Schlafengehen, gipfelten diese Spiele zumeist in einem überschwänglichen Austausch von Zärtlichkeiten. Aber auch tagsüber kümmerte sich Melanie um ihren Schützling. Fürsorglich wischte sie morgens zumeist noch einmal schnell über Marions Waschbecken und zupfte ihre Bettdecke in die richtige Position. Und in der Schule bat sie den Klassenvorstand darum, dass Marion neben ihr sitzen durfte. So konnte sie ihren kleinen Liebling immer im Auge behalten und vor Schwierigkeiten bewahren.

Als Marion das nächste Mal nachhause fahren durfte, begegnete sie ihrer eigenen Mutter reichlich reserviert.
„Na mein Liebling!" Die Mutter umarmte sie.
„Du riechst nach Zigarettenrauch", sagte Marion, „und das mag ich nicht."
„Was ist denn das für eine neue Mode?", fragte die Mutter überrascht. „Gib mir jetzt augenblicklich einen Kuss!"
Marion bewegte sich nicht.
„Ach!? Bestrafst du mich jetzt etwa dafür, dass du einen Monat lang nicht heimfahren durftest?" Marion schwieg beharrlich. Zum ersten Mal in ihrem Leben fühlte sie eine neue, ungewohnte Unabhängig-

keit von ihrer Mutter. Melanie war jetzt ihre neue Mama. Von ihr bekam sie jederzeit Streicheleinheiten im Überfluss, nicht nur dann, wenn sie brav war. Von Melanie bekam sie auch viel bessere Süßigkeiten und Geschenke und vor allem beschützte Melanie sie vor den Nonnen. Ihre eigene Mutter hingegen hatte sie feige verraten. Und jetzt wollte sie wieder geküsst und umarmt werden!!

„Da kannst du lange warten!", dachte Marion. „Ich brauche dich nicht mehr. Und ich mag dich jetzt auch nicht mehr!!"

Die Tochter behielt ihre düsteren Überlegungen für sich und schlenderte missmutig neben ihrer Mutter einher.

„Komm! Wir gehen Torte essen!", sagte die Mutter und erwartete, dass Marion sofort „Juhuu!" rufen würde. Aber das Mädchen sagte kein Wort.

Als sie dann in der Konditorei saßen, stocherte Marion lustlos in ihrer Fruchtschnitte herum. Sie begann, die einzelnen Schichten auseinander zu montieren und von überall die Creme abzukratzen. Sie fischte die kandierten Kirschen heraus und reihte sie in einer Linie auf …

„Schluss jetzt!", zischte die Mutter ihr zu. „Wenn du nicht gleich aufhörst, dann warst du das letzte Mal mit mir irgendwo!", drohte sie. „Was glaubst du, was das alles kostet! Wo eh das Internat schon so teuer ist!"

„Ich möchte lieber nachhause!", sagte Marion. „Und ich möchte allein in meinem Zimmer spielen!"

„Aber, ich hab mir doch extra für dich Zeit genommen!", entgegnete die Mutter vorwurfsvoll.

Zuhause überlegte sie lange. Es war doch nur ein Monat vergangen und dennoch war Marion ihr vollends entglitten. Sicher waren neue Freunde im Internat Schuld an dieser Entfremdung.
„Es ist fast wie damals, nach der Mandeloperation!", überlegte sie grübelnd. Marion war damals erst drei Jahre alt gewesen und der Arzt hatte zur Operation geraten, weil sie seit dem Kindergarteneintritt ständig krank gewesen war. Die Mutter hatte sie dann ins Krankenhaus gebracht, wo sie bis zur Einleitung der Narkose dabei sein durfte.
„Wenn du wieder aufwachst, dann bin ich bei dir!", hatte sie ihrer kleinen Tochter versprochen ... Dann aber kam eine Schwester und schickte sie nachhause.
„Die Kinder sind nach der Narkose so dusselig, die bekommen ja eh nichts mit! Die merken doch gar nicht, ob jemand da ist! Und es ist auch besser, wenn so kleine Kinder nicht besucht werden, sonst regen sie sich jedes Mal so auf, am Ende der Besuchszeit. Die Eltern sind dann wieder weg und wir haben hier die heulenden Kinder. Das dauert dann einen ganzen Tag, bis endlich wieder Ruhe einkehrt auf der Station ... Besser, sie kommen erst wieder, wenn die Kleine nachhause darf", hatte die Krankenschwester ihr geraten.
Später hatte Marions Mutter es zutiefst bereut, dass sie sich damals hatte wegschicken lassen. Denn als

sie ihr Mädchen nach fünf Tagen wieder vom Spital abholte, sprach die Kleine kein Wort. Etwa ein halbes Jahr lang hielt dieser Zustand an und in all der Zeit, lachte das Kind auch kein einziges Mal.

Die Mutter wusste, dass es ihre Schuld war. Sie hatte Marion versprochen, sie würde *da sein* ... Und dann war das Kind wohl aus der Narkose aufgewacht und sie war *nicht* dagewesen ... Ein so kleines Kind hatte ja noch keinen Zeitbegriff. Offensichtlich hatte sich Marion in den fünf Tagen zwischen Operation und Entlassung, bereits mit dem Verlust ihrer Mutter abgefunden ...

... Irgendwann, nach etwa einem Jahr, verlor Marion die Erinnerung an die Mandeloperation und an die Zeit danach. Aber sie verspürte fortan Panik, sobald ihre Mutter sich von ihr entfernte ...

Jetzt streifte das Kind sie wieder mit diesem ernsten, distanzierten Blick, den die Mutter von damals noch gut in Erinnerung hatte.

„Sie ist mir böse, dass ich sie ohne Besuch im Internat gelassen habe", dachte sie.

Am Sonntag, nach dem Mittagessen meinte Marion beiläufig: „Ich möchte schon eine Stunde früher zurückfahren ins Internat!"

„Warum denn das?", fragte die Mutter erstaunt.

„Meine Freundin kommt auch schon früher", sagte Marion.

„Na das wird die richtige Freundin sein! Die hat einen schlechten Einfluss auf dich!", meinte die Mutter argwöhnisch. „Wir fahren um Punkt fünf Uhr, so wie immer."

Marion zog sich in ihr Zimmer zurück, bis es Zeit war abzufahren. Sie spielte ein wenig mit ihren Kreiseln und ließ sie zunächst einmal um die Wette laufen. Dann stellte sie die kleinen Spielzeuge nebeneinander in einer langen Reihe auf. Den grünen Favoriten natürlich ganz vorne, denn er hatte wieder einmal gewonnen. Rechts davon den silbergrauen und den violetten, die Platz zwei und drei belegt hatten und dann einen Kreisel nach dem anderen.

„Nächstes Mal gibt es eine Revanche!" sagte Marion. „Wir werden sehen, wer dann gewinnt." Zuletzt hatte sie noch eine Idee. „Der Sieger darf jedes Mal mit mir ins Internat mitkommen!", verkündete sie und steckte den grünen Kreisel ein.

Am Ende der Fahrt verabschiedete sich Marion nur sehr kurz von ihrer Mutter und lief schnell an der Pforte vorbei in den Schlafsaal. Sie rannte sofort zu Melanie, die auch schon zurück war und die Mädchen umarmten sich stürmisch.

„Da ist ja mein liebes, kleines Baby!", rief Melanie und breitete die Arme aus, um Marion hochzuheben. „Sieh nur, was ich dir mitgebracht habe! Weiße Schokolade und so einen Pullover mit Zopfmuster, den du dir gewünscht hast!"

„Ich habe dich vermisst, Mama Melanie!", sagte Marion mit ihrer niedlichsten Babystimme und für sich dachte sie: „Melanie ist viel, viel besser als meine Mutter!"

Wenn ich groß bin...

„Also Kinder, heute sprechen wir zur Abwechslung einmal über Berufe", sagte die Schwester Irmgard.
„Na Renate? Was möchtest du denn werden?"
„Wenn ich groß bin, werde ich Anwältin!", erklärte Renate. „Mein Vater hat ja eine gutgehende Kanzlei, die ich später übernehmen kann. Da verdient man viel Geld!"
„Das ist eine vernünftige Berufswahl!", meinte die Nonne anerkennend. „Und du, Ivonne?"
„Wenn ich groß bin, möchte ich eine berühmte Malerin werden", sagte Ivonne verträumt.
„Hm, mit der Kunst ist das halt so eine Sache! Künstler sind oft lange Zeit recht arm, bevor sie Erfolg haben. Aber wer weiß, vielleicht wirst du ja ein neuer Van Gogh", fügte sie schmunzelnd hinzu. Und du Melanie?"
„Wenn ich groß bin, werde ich Ärztin, aber ich werde nicht gleich die Praxis von meinem Vater übernehmen. Vielleicht später einmal, wenn er alt ist und in Pension geht. Weil davor gehe ich in eine Mission, irgendwo in Afrika oder Indien. Dort helfe ich kranken Kindern, deren Eltern sich keinen Arzt leisten können", sagte Melanie ernsthaft.
Alle schwiegen beeindruckt.
„Unser Orden hat viele Missionen in Afrika", erzählte die Schwester Irmgard. „Die werden sich freuen, wenn du kommst! Und erst die Kinder dort. Unser

Orden betet immer auch für neue Ärzte, denn die Not ist groß … Ja Kinder, Melanies Berufswunsch ist etwas ganz Besonderes. Die meisten Menschen wollen etwas werden womit sie viel Geld verdienen. Manche wiederum haben ein Talent und folgen einem Traum. Aber einige besondere Menschen verspüren in sich eine Berufung, anderen zu helfen. Diese Menschen sind dem Herrn sehr nahe … Und wer weiß, vielleicht ist ja auch jemand von euch dazu berufen, eines Tages Nonne zu werden."

Martina, ein stilles Mädchen mit dicker Brille und langen Zöpfen, hob zaghaft die Hand.

„Ich, … ich wünsche mir Nonne zu werden", sagte sie schüchtern, „aber ich weiß nicht, ob ich das schaffe."

„Oh wirklich?" Schwester Irmgard lächelte erfreut. „Das ist heute schon recht selten geworden, dass ein Kind Nonne werden möchte. Ist aber kein leichtes Leben! Es erfordert eine große Hingabe an unseren Herrn Jesus Christus und an die Mutter Maria …

…

Und du Marion?", fuhr sie fort, „Was möchtest du werden?"

„Ich wär' gern Pilot, weil ich Flugzeuge liebe. Und als Pilot könnte ich auch die ganze Welt bereisen!"

„Aber das ist doch kein Beruf für Mädchen!", meinte die Nonne kopfschüttelnd.

„Wenn ich groß bin, möchte ich ohnehin lieber ein Mann sein!", erklärte Marion. „Also zuerst werd' ich ein Mann und dann Pilot!"

Die Nonne war einen Augenblick lang sprachlos.

„Aber das geht doch nicht!", sagte sie, „Du kannst kein Mann werden!! Du bist ein Mädchen und aus Mädchen werden Frauen!!"

„Ich will aber keine Frau werden!"

„Kind, es geht hier nicht darum, was du willst!! Du bist von Gott als Mädchen geschaffen worden und damit basta!"

Aufklärung

„So Kinder, heute beschäftigen wir uns mit der Entstehung des Lebens!", kündigte Schwester Irmgard an. Also: Damit ein Baby entstehen kann, braucht man einen Mann und eine Frau. Der Mann hat ein Geschlechtsorgan, das Penis heißt und die Frau an der gleichen Stelle eines mit Namen Vagina. Der Mann hat auch zwei Hoden, in denen Samenzellen produziert werden. Die Frau hingegen hat Eierstöcke, in denen jeden Monat ein Ei reift. Dieses Ei kann dann durch den männlichen Samen befruchtet werden und wenn das geschieht, dann entsteht ein Baby. Das ist am Anfang ganz winzig klein und wächst dann neun Monate lang im Leib der Frau. Dadurch wird der Bauch der Mutter immer größer und am Ende der Schwangerschaft kommt es zur Geburt. Dabei öffnet sich die Vagina ganz weit und das Baby kommt heraus. Ja Kinder, es stimmt nicht, dass der Storch die kleinen Geschwister bringt, so wenig wie es stimmt, dass euch das Christkind oder der Weihnachtsmann die Geschenke bringen", erklärte die Nonne. „Nun! Habt ihr noch irgendwelche Fragen?"

„Was muss man tun um ein Baby zu bekommen?", fragte Melanie.

„Na, das hab' ich euch doch gerade erklärt!", antwortete die Nonne.

„Ja, ich hab's auch verstanden, aber sie haben uns nicht gesagt, was man *tun* muss damit der Samen und das Ei zusammenkommen! Passiert das, wenn man sich küsst?"

„… Nein, es kommt nicht vom Küssen", versicherte Schwester Irmgard. „Und wie das genau zustande kommt, das braucht ihr noch nicht zu wissen! Das geschieht nur in ganz, ganz großer Liebe!", fügte sie errötend hinzu und senkte den Blick.

Abends in der Villa tuschelten die Mädchen untereinander über dieses Thema.

„Ich möchte immer noch wissen, was man tun muss, damit ein Baby entsteht!", meinte Melanie.

„Ich weiß es!!", behauptete Brigitte.

„Wirklich?! Erzähl!"

Brigitte war eines von wenigen Mädchen in diesem Internat, dessen Eltern nicht reich waren. Es war bekannt, dass sie keinen Vater hatte und ihre Mutter erregte immer Aufsehen, ob ihrer viel zu kurzen Röcke.

Jetzt genoss Brigitte die ungewohnte Aufmerksamkeit, während sich alle um sie scharten.

„Also, der Mann steckt sein Zipfel in die Muschi von der Frau rein … Ich hab's mal gesehen, wie der Onkel Rudi bei meiner Mutter zu Besuch war! Und meine Mutter hat mir nachher erklärt, dass man so die Babys macht!", flüsterte Brigitte.

„Das glaub' ich nicht!", sagte Melanie abrupt. „Das ist völlig unmöglich, dass meine Eltern sowas Ekelhaftes getan haben, um Kinder zu bekommen …

Das macht vielleicht deine Mutter, aber meine ganz sicher nicht!!"

Melanie und Marion fanden die Vorstellung gleichermaßen widerlich.

„Mach dir keine Sorgen, das kann unmöglich stimmen!", versuchte Marion sie zu beruhigen.

„Ja, aber was muss man wirklich *tun*, um ein Baby zu bekommen?", grübelte Melanie weiter …

Als Marion an diesem Abend im Bett lag, dachte sie gründlich nach. Die Antwort der Nonne, es geschehe in ganz, ganz, großer Liebe, erschien ihr wie eines jener vielen Märchen, die Erwachsene Kindern erzählten und die sich dann irgendwann als Lügen herausstellten. So wie das Christkind, der Osterhase und der Storch. Brigittes Behauptung wiederum war abartig. Das konnte unmöglich wahr sein. Andererseits argumentierte auch ihre Mutter immer, sie könne keinen kleinen Bruder haben, weil dazu ein Vater von Nöten sei. Aber das hatte sicherlich nur damit etwas zu tun, dass ein Baby viel Geld kostet und die Mutter, wenn das Baby klein ist, nicht arbeiten gehen kann. Dann brauchte man einen Papa, der einer möglichst gut entlohnten Beschäftigung nachging und der das Essen und die Rechnungen bezahlte.

Marion entwickelte in dieser Nacht ihre eigene Theorie über die Tatsachen des Lebens, die ihr wesentlich richtiger und wahrscheinlicher erschien, als alles andere, das sie bisher gehört hatte.

Ihrer Beobachtung nach, stammten die Mädchen von den Frauen ab und die Buben von den Männern. Das war wohl auch der Grund, warum sie selbst offiziell ein Mädchen war und bei ihrer Mutter lebte. Sie erinnerte sich auch an einen Schulkollegen aus der Volksschule, der keine Mutter hatte und bei seinem Vater lebte. Das bestätigte Marions Theorie. Onkel Gerhard wiederum hatte einen Sohn! Es gab da zwar auch Tante Nadja, aber die gehörte ja nicht wirklich zur Familie. Die war hauptsächlich zum Kochen, Putzen und Wäsche waschen da ...

Das musste es sein!! Frauen bekamen Mädchen, Männer bekamen Buben und der Arzt schnitt dann den Bauch auf und holte das Baby heraus ... Viele Männer hatten schließlich auch sehr große Bäuche ... Da war sicher ein Baby drinnen versteckt!! ... Und deswegen brauchte man natürlich einen Papa, um einen Bruder zu bekommen!! Marion war überzeugt, eben das Geheimnis gelüftet zu haben. Plötzlich ergab alles einen Sinn.

Und das Zusammenleben von Männern und Frauen war eine reine Zweckgemeinschaft, die das Leben im Alltag erleichterte. Die Frau passte dann auf alle Kinder, Buben wie Mädchen auf, der Mann wiederum ging arbeiten und versorgte die ganze Familie, mit Geld und Essen.

Auch ein Hund und eine Katze lebten schließlich oft im gleichen Haushalt, wo sie miteinander spielten und manchmal auch ihr Futter teilten.

Und ein Mann und eine Frau waren doch mit Sicherheit mindestens so unterschiedlich, wie ein Hund und eine Katze ...

So viel Marion bis jetzt gesehen hatte, bekam eine Katze immer nur Kätzchen und niemals einen kleinen Hund. So, wie auch ein Hund immer nur kleine Welpen bekam und nicht etwa ein Kätzchen.

Marions war sehr stolz auf ihre Überlegungen, denn ihre neuen Erkenntnisse stellten sie vollauf zufrieden. Endlich hatte sie eine plausible und schlüssige Antwort für alle ihre Fragen gefunden.

Und so irgendjemand in den nächsten Jahren etwas anderes behauptete, glaubte ihm Marion kein Wort.

Kann man ein Mann werden?

„Marion, du weißt aber schon, dass du nicht wirklich ein Mann werden kannst?", fragte Melanie eines Tages. „Wir können spielen, dass du mein kleiner Bub bist, aber es ist nur ein Spiel!"

„Warum?", fragte Marion irritiert. „Wenn ich kurze Haare habe und Männerbekleidung trage und wenn ich mich wie ein Mann bewege und auch so spreche, warum kann ich dann kein Mann sein?"

„Weil du keinen Penis hast, Marion! Erinnerst du dich an diese Bilder, die uns die Schwester Irmgard gezeigt hat? Diese Bilder mit den Geschlechtsorganen von Mann und Frau!"

„Aber das merkt doch niemand!", sagte Marion verblüfft. „Und das sieht auch nie jemand, weil man geht doch vor anderen nicht nackt!"

„Trotzdem, Marion!! Es kommt auf den Penis an, ob man ein Mann ist oder nicht!! Wenn das Baby aus dem Bauch kommt, dann schauen die nach, ob es einen Penis zwischen den Beinen hat! Wenn ja, geben sie ihm einen Bubennamen und schreiben in die Geburtsurkunde: Geschlecht/männlich. Wenn nein, dann ist es halt ein Mädchen. Und du bist ein Mädchen und das lässt sich eben nicht ändern!"

„Warum ist es so wichtig, einen Penis zu haben?", fragte Marion.

„Ich weiß nicht genau, aber ich vermute, es muss irgendetwas mit dem Babymachen zu tun haben!"

„Und wenn man kein Baby will, dann spielt es keine Rolle?", fragte Marion hoffnungsvoll.

„Ich fürchte, es spielt immer eine Rolle. Ein Mann bleibt ein Mann und eine Frau bleibt eine Frau. Und später muss man ja heiraten. Und ein Mann kann nur eine Frau heiraten und als Frau heiratet man einen Mann. Verstehst du? Du musst später einmal einen Mann heiraten!"

Marion schwieg. Konnte das, was Melanie da sagte, stimmen? Melanie war sehr klug und wusste viel.

„Es muss doch irgendeine Möglichkeit geben, das Geschlecht zu ändern ...", dachte sie befremdet.

Ferien

In den Ferien fuhren alle Kinder nachhause. Marion vermisste Melanie, aber sie konnte es kaum erwarten, endlich wieder durch ihren altbekannten Wald zu streifen. Jedes Mal nahm sie auch die zwei großen Milchkannen mit, um Beeren zu sammeln, worüber sich die Großmutter freute. Marion bemerkte jede Veränderung, jeden gefällten Baum und jede neue Lichtung. Hansi, das Reh, war immer noch da und freute sich wie früher über saftige Himbeerzweige.

Eines Tages, als Marion im Wald war, traf sie auch ihren alten „Förster" wieder.

„Hallo, mein kleiner Strolch!", sagte er. „Du bist aber groß geworden! Fast schon eine kleine Dame!"

„Wo ist Waldi?", fragte Marion.

„Ach ja, Waldi, der ist schon im Hundehimmel! Er war schon zu krank und zu launisch, da musste ich ihn halt einschläfern lassen ... Lauf nicht so schnell, mein kleiner Strolch, ich bin auch nicht mehr der Jüngste! Komm! Setzen wir uns lieber da ein bisschen ins weiche Gras!" Marion dachte über Dackel Waldi nach, der jetzt für immer fort war und der sie nie wieder mit diesem eigentümlichen, brummenden Geräusch, das er gerne zu machen pflegte, begrüßen würde. Der Förster beobachtete sie indessen von der Seite.

„Wie hübsch du geworden bist, mein kleiner Wildfang!", sagte er. „ Eine richtige kleine Waldfee!" Und plötzlich zog er Marion schnell mit einem festen Griff an sich heran und versuchte sie zu küssen.

Marion wollte aufspringen, aber der Mann gab ihr einen Stoß und schleuderte sie zu Boden. Dann warf er sich mit seinem vollen Gewicht auf sie und drängte seine Zunge gewaltsam in ihren Mund.

„Hab dich nicht so!", keuchte er heiser, während er Marion weiterhin an den Händen festhielt und ihre schmale Gestalt mit seinem eigenen Körpergewicht am Boden fixierte. Marion roch seinen faulen Atem, der auch leicht nach Alkohol stank und sie roch den Schweiß, der von seinem überhitzten Gesicht auf das ihre tropfte. Sie fühlte sich plötzlich wieder so, wie früher in Albträumen, als sich Nacht für Nacht tonnenschwere Wolken auf sie gelegt hatten, um sie zu erdrücken. Als der Mann dann seine Zunge erneut in ihren Mund stieß, biss Marion verzweifelt zu.

„Auuuu!!!", schrie der Mann. Er krümmte sich zusammen und legte instinktiv beide Hände auf seine schmerzende Zunge. Marion hatte jetzt ihre Arme und ein Bein frei. Sie zappelte und trat gegen die Rippen des Mannes, bis sie sich zur Gänze unter seinem Körper hervorwinden konnte. Der Mann versuchte noch, sie am Bein festzuhalten. Marion stürzte und fiel zu Boden, aber sie trat mit ihrem anderen Fuß gegen die Hand des Mannes, der sie daraufhin losließ.

„Du rabiates Rabenvieh!", keuchte er. „Komm sofort zurück!"

Schnell sprang Marion auf und rannte in Panik davon, bis an den Rand des Waldes, wo Hansi, das Reh wohnte. Sie kletterte über den Zaun und verkroch sich mit Hansi in einer Ecke, die von Hagebuttensträuchern überwuchert war. Dort blieb sie zitternd liegen, bis es dämmrig wurde.

… Auf dem Heimweg musste Marion noch einmal zu dem Ort des Geschehens zurückkehren, um schnell ihre Milchkannen mit den Himbeeren zu holen. Die roten Früchte lagen teilweise verschüttet im Gebüsch. Marion sammelte die Beeren schnell wieder ein. Dann entfernte sie die Fichtennadeln, die an ihrer Bekleidung festsaßen und machte noch einen Umweg zum Bach. Dort spülte sie lange Zeit ihren Mund, um den widerlichen Geschmack des Mannes loszuwerden. Und sie fragte sich, mit welchen Worten man wohl solch ein Erlebnis dem Herrn Pfarrer in der Beichte erzählte. Das war wohl „Unkeuschheit treiben" und eine schwere Sünde.

Von da an machte Marion um ihren „Förster" immer einen großen Bogen.

Einmal, als sie mit ihrer Mutter im Dorf einkaufen war, bog der „Förster" plötzlich am Hauptplatz um die Ecke.

„Was hast du denn?", fragte die Mutter erstaunt, als sie sah, dass Marion plötzlich ganz intensiv ihre Nägel zu kauen begann, während sie den Mann anstarrte, der mit einem flüchtig gemurmelten Gruß an der Mutter vorbeiging.

„Guten Tag!", grüßte die Mutter höflich zurück und gab Marion dann einen Stoß in die Rippen. „Kannst du nicht grüßen!?"

„Dieser Mann", stammelte Marion fassungslos, „der hat im Wald versucht, mich zu küssen! Und er hat mich festgehalten!"

„Ach Kind, das kann nicht sein! Das ist ja einer von den pensionierten Direktoren in der Fabrik. Der würde das niemals tun! Red ja nichts herum, da kann noch ein riesengroßer Verdruss dabei herauskommen! Stell dir vor, wenn du den fälschlich beschuldigst!!"

„... Aber ich bin mir sicher, dass er es ist!", beharrte Marion.

„Sei ruhig und sag sowas nie wieder!", befahl die Mutter scharf.

„Ich bin mir eigentlich ganz sicher!", dachte Marion trotzig, während sie eingeschüchtert neben ihrer Mutter einher trabte. „Aber vielleicht irre ich mich ja doch", überlegte sie dann, „ wenn sich die Mutter so sicher ist ..."

„Einigen wir uns darauf, dass er dem Mann, den du im Wald getroffen hast, vielleicht ein bisschen ähnlich sieht! Ok?!", fügte die Mutter nach einer Weile milder hinzu. „Aber *dieser* Mann war das sicher nicht. Der ist Direktor und hat ein Niveau, wo er das nicht nötig hat! Wenn ich mir schon dieses feinsinnige, intelligente Gesicht ansehe! Und wenn du den fälschlich beschuldigst, können wir die größten Probleme bekommen!"

...
Anfang August, sollte dann noch der Onkel Gerhard mit seiner Familie zu Besuch kommen. Einerseits, um die Großmutter zu entlasten, andererseits, um die Spannungen zwischen seiner Frau und ihrer Schwiegermutter zu verhindern, hatte er sich diesmal in einem Gasthof am See eingemietet.

Die Großmutter war zutiefst gekränkt und beleidigt, dass ihr einziger Sohn es ablehnte, unter ihrem Dach zu nächtigen und an ihrem Tisch zu essen. Sie fühlte eine unerträgliche Spannung in sich, so, als ob ihr Körper gleich zerspringen würde. Zudem klagte sie über stechende Schmerzen in der Brust. Die Mutter rief daraufhin den alten Hausarzt. Der untersuchte die Großmutter gründlich und meinte dann, körperlich sei eigentlich alles in Ordnung.

„Man muss aber aufpassen, dass sie sich nichts antut!", sagte er dann noch mahnend, bevor er ging.

Die Mutter war etwas befremdet, ob dieser Bemerkung.

„So ein Blödsinn!", dachte sie.

Später am Tag jedoch, fand Marion die Großmutter im Bad. Sie hatte sich die Pulsadern aufgeschnitten und wurde zuerst im Krankenhaus verarztet, bevor man sie in die Psychiatrie einwies.

„Das ist meine Schuld!", dachte Marion, „Ich habe mir so oft gewünscht, dass sie stirbt! Und jetzt wird sie vielleicht wirklich sterben!"

„Die haben sie vollgepumpt mit Tabletten!", erzählte die Mutter abends. „Und jetzt ist sie ein wenig irre. Sie macht die ganze Zeit so Knetbewegungen in der Luft und murmelt irgendwas vor sich hin … von Knödeln, die missraten sind und dann wieder von Hendeln, die heute gar nicht ordentlich weich werden … Und das Erste, was sie wollte, nachdem sie das Bewusstsein wiedererlangt hat, war ein Kamm!! … Weil es ihr peinlich war, dass die Ärzte und Pfleger sie so unfrisiert sehen. Schon eigenartig … In dem einen Moment will so ein Mensch gar nicht mehr leben und im nächsten Augenblick macht er sich schon wieder über so was Sorgen."

…

Als die Schule wieder begonnen hatte, sollten die Kinder einen Aufsatz über ihre Ferien schreiben. Marion schrieb:

Meine Ferien

Meine Ferien waren sehr schön, weil ich wieder im Wald spielen durfte. Im Wald habe ich auch ein Reh, das mich immer noch erkennt und sich freut, wenn ich ihm Himbeerblätter bringe.
Eines Tages, während ich im Wald Himbeeren pflückte, überfiel mich ein alter Mann, den ich von früheren Spaziergängen her kannte. Später begegnete mir

dieser Mann im Dorf, aber meine Mutter sagt, der kann es nicht gewesen sein.

Mein Onkel ist zu Besuch gekommen, hat aber diesmal nicht mehr bei uns gewohnt. Deshalb hat meine Großmutter einen Selbstmordversuch gemacht. Weil die Oma im Krankenhaus war, hat meine Mutter für uns Reisauflauf gekocht. Das ist nämlich das Einzige, was Mutti zubereiten kann, denn meine Mutter kann nicht kochen.

Das waren meine Ferien.

… Die Nonne Liesbeth bestellte daraufhin Marions Mutter in die Schule.

„Ihre Tochter hat neuerdings ein Problem mit Lügen!", sagte sie. „Lesen sie einmal, was für Unsinn das Kind schreibt! Das kann doch unmöglich alles wahr sein!?"

Marions Mutter las den Aufsatz und errötete.

„Ich fürchte, es *ist* wahr!", sagte sie peinlich berührt. Sie hat zwar wirklich manchmal zu viel Fantasie und denkt sich alles Mögliche aus, aber das hier ist alles wahr."

…

…

„Wie kannst du sowas in einem Aufsatz schreiben!", schimpfte sie später mit Marion. „Was sollen diese Nonnen nur von uns denken! Das ist nicht gut, wenn man das eigene Nest beschmutzt! Das fällt alles nur negativ auf dich zurück! Du schreibst jetzt sofort einen neuen Aufsatz! … Und damit du es gleich weißt, deine Großmutter wird nicht hierher zurückkommen. Der Arzt sagt, im gewohnten Umfeld könnte sie leicht rückfällig werden. Deshalb wird sie vorübergehend beim Onkel Gerhard bleiben, bis sie dann einen Platz im Pensionistenheim bekommt."

„Was ist ein Pensionistenheim?", fragte Marion.

„Na, das ist ein großes, schönes Haus, wo alte Leute ohne Sorgen leben können. Dort müssen sie nicht mehr kochen, putzen und Wäsche waschen, sondern bekommen alles gemacht, wie in einem Hotel ... Aber erzähl das ja niemandem weiter. Gibt immer noch viele Leute, die finden, dass man die Eltern zuhause pflegen sollte. Die haben leicht reden! Wenn irgendjemand den ganzen Tag zuhause ist, dann geht das vielleicht, aber sicherlich nicht, wenn man arbeiten muss!! ... Du hast mich verstanden!! Kein Wort darüber zu niemandem! Wir haben schon genug üble Nachrede! ... Geh jetzt und schreib deinen Aufsatz!"

Und Marion schrieb:

Meine Ferien

Meine Ferien waren sehr schön, weil ich wieder in unserem Garten spielen durfte.

Ich helfe immer zuhause, besonders jetzt, wo meine Großmutter krank ist und längere Zeit im Spital bleiben muss.

Ich war auch im Wald Himbeeren pflücken, die wir zuhause zu köstlicher Marmelade verarbeitet haben.

Mein Onkel besuchte uns im August. Ich spielte viel mit meinem Cousin und wir waren auch oft zusammen baden.

Einmal hat meine Mutter uns mit einem köstlichen Reisauflauf überrascht, der uns allen ausgezeichnet geschmeckt hat.

Das waren meine Ferien.

Die Beichte

„Vergib mir, Vater, denn ich habe gesündigt, in Gedanken, Worten und Werken", begann Marion zögernd.

Durch das Holzgitter konnte sie den betagten Pfarrer sehen, der in einer Art Halbschlaf die Sünden der Kinder abhörte. Heimlich genascht, Eltern belogen, ungehorsam gewesen, zur Messe zu spät gekommen, ein Schimpfwort gesagt ... Die immer gleiche Litanei an kindlichen Verfehlungen.

„Das sind meine Sünden", fuhr Marion tapfer fort: „Ich bin frech gewesen, ich habe Schokolade aus der Küche gestohlen, ich habe meine Großmutter umgebracht und ich habe einmal im Wald Unkeuschheit getrieben." Marion sprach schnell, in einem leisen, leiernden Ton und hoffte inständig, der Herr Pfarrer würde ihre Worte überhören.

Der alte Geistliche aber schreckte sofort aus seinem Dussel hoch und warf einen alarmierten Blick durch das Gitter.

„Wie hast du deine Großmutter getötet?", fragte er fassungslos.

„In Gedanken. Ich habe sie unzählige Male in Gedanken getötet und ihr den Tod gewünscht!", sagte Marion zerknirscht.

„Ach so!", meinte der Pfarrer erleichtert und atmete tief durch. „Das ist natürlich auch eine schwere Sünde!", setzte er dann nach. „Bete zur Mutter Maria, mein Kind, dass sie dich von deinen bösen Gedanken befreit! Und ich werde dich jetzt nichts fragen, über die Sünde gegen das sechste Gebot, die du im Wald begangen hast. Ich hoffe, du schämst dich und bereust deine Sünden aufrichtig. Bete 30 Ave-Marias und einen Rosenkranz", sagte der Pfarrer.

Und dann hob er seufzend die Hand:

„Ego te absolvo …"

Verstohlen warf er einen Blick auf die Uhr, bevor das nächste Kind niederkniete.

„Wie viele Kinder sind noch angestellt?", fragte er.

„Fünf."

Das Mädchen kniete nieder und schlug das Kreuz.

„Vergib mir, Vater, denn ich habe gesündigt, in Gedanken, Worten und Werken", sagte sie. „Ich habe mehrmals Marmelade gestohlen und einmal auch Schokolade …"

„Schon wieder Marmelade!", dachte der Pfarrer seufzend und in sehnsüchtiger Erwartung der guten Jause, die im Pfarrhaus seit einer halben Stunde auf ihn wartete.

Gutes Benehmen

An jenen Wochenenden, welche die Kinder im Internat verbringen mussten, gab es am Samstag nach dem Mittagessen noch ein zusätzliches Unterrichtsfach, das „Anstandsstunde" hieß.

Da lernten die Mädchen zum Beispiel, wie man einen Tisch richtig deckt. Links vom Teller die Gabel, rechts innen neben dem Teller das Messer und ganz rechts außen legte man den Suppenlöffel hin. Oberhalb des Tellers platzierte man die Kuchengabel und den Kaffeelöffel. Das Glas war in der rechten, oberen Ecke aufzustellen und für die Serviette gab es verschiedene Möglichkeiten. Man konnte sie einfach in einen Serviettenring stecken oder aber kunstvoll falten.

Die Kinder lernten auch, wie eine junge Dame anständig sitzt. Nicht zu breitbeinig, denn das war den Männern vorbehalten, aber auch nicht mit am Knie überkreuzten Beinen.

„Das sieht unanständig aus und außerdem bekommt man davon Krampfadern!", sagte die Schwester Rosalinde. „Besser ist es, wenn man aufrecht sitzt und die Beine nebeneinander auf den Boden stellt. Dabei kann man sie leicht zur Seite neigen, das wirkt elegant. Auch das Kreuzen der Fußknöchel ist eine Möglichkeit", fuhr sie fort.

Dann wurde ein Stuhl vor die Tafel gestellt und jedes Kind sollte sich probeweise einmal anständig darauf niedersetzten. Schwester Rosalinde forderte danach die andern Kinder auf, eine Bewertung abzugeben.

Je nachdem wie gelungen die Darbietung war, gab es dann ein Plus oder ein Minus.

Marion hasste die Anstandsstunde.

„Ich mag dieses Getue nicht! Das ist so affig!", sagte sie zu Melanie.

„Schau Marion, wir sind halt Mädchen und müssen lernen, uns gut zu benehmen", meinte Melanie und zuckte die Achseln. „Das ist wichtig, wenn wir später einmal in die Gesellschaft eingeführt werden. Da möchten sich ja unsere Eltern nicht mit uns blamieren! Mein Vater kennt viele wichtige Menschen und die soll ich später alle kennenlernen. Aber dazu muss ich mich benehmen können, weil sonst wollen die nichts mit mir zu tun haben, sagt mein Vater."

„Ich hab' doch gar keinen Vater, der mich später einmal in die feine Gesellschaft einführt!", entgegnete Marion. „Für mich ist dieses Getue sinnlos!"

„Nein Marion, selbst wenn man arm ist, öffnet gutes Benehmen viele Türen!" Melanies Gesicht war ernst und ihre Stimme klang eindringlich. „Du musst es einfach als Rolle sehen", fuhr sie dann fort. „Wie im Theater! Du spielst doch gerne Theater! Wenn du dich darauf einlässt, kann es sogar Spaß machen. Natürlich ist es affig, aber diese sogenannte feine Gesellschaft ist einfach nur ein Spiel mit ganz bestimmten Regeln! Und du musst lernen, wie man mitspielt. Du schließt dich immer aus, Marion! Du musst endlich verstehen, dass du dir nicht alle Rollen im Leben aussuchen kannst. Letztlich kommt es oft gar nicht so sehr auf die Rolle an, sondern darauf, was man aus dieser Rolle macht. Ich weiß, du wärst lieber ein Junge. Aber schau dich doch mal an! Als Mann wärst du viel zu klein! Verstehst du?! Denn als Mann müsstest du den Mädchen gefallen und die Frauen bevorzugen große, starke Männer! Also hättest du wieder ein neues Problem!! Als Mädchen hingegen kannst du sicher gut ankommen. Du bist klein und zierlich und das gefällt vielen. Spiel doch einfach deine Rolle! Du bist ein Mädchen und jetzt musst du das Beste daraus machen!"

„Du redest schon wie die Erwachsenen!", sagte Marion verächtlich.

Nach der Anstandsstunde zogen die Mädchen ihre Rollschuhe an und drehten einige langsame Runden über den Schulhof. Marion langweilte sich schnell und setzte sich mit Melanie von der Gruppe ab. Sie fuhren über den Parkplatz zu der breiten Hauptallee, die durch den ganzen Park führte. An einer Stelle führte der Weg gerade und steil nach unten, bis er dann, am Ende des Hügels, genauso steil wieder nach oben anstieg. Marion machte eine draufgängerische Geste und rollte dann ungebremst den Hang hinunter. Melanie hingegen blieb zaghaft oben stehen und sah ihr besorgt zu.

„Nicht so schnell! Du wirst dir noch wehtun!", rief sie hinterher. Aber Marion hörte nicht auf ihre Freundin. Sie genoss den Fahrtwind im Gesicht und die Vibration ihrer Beine auf dem harten Asphalt. Es erforderte volle Konzentration so schnell zu fahren, denn schon ein kleiner Fehler konnte einen dramatischen Sturz nach sich ziehen. Marion liebte das

Hochgefühl, das diese bangen Sekunden des Risikos in ihr auslösten; und danach genoss sie voll Dankbarkeit den Moment der Erleichterung und des Triumphs, als sie am tiefsten Punkt ohne Sturz angekommen war. Zuletzt ließ sie die Rollschuhe noch entspannt auslaufen und markierte die Stelle, bis wohin sie – dort, wo es wieder bergauf ging – kam, mit einem Stein.

„Du spinnst!", sagte Melanie als Marion wieder zurückkam. „Komm, wir gehen schnell zu den anderen zurück!"

„Geh du nur schon voraus!", antwortete Marion. „Ich will noch ein bisschen hierbleiben, denn das macht wirklich Spaß!"

Bei jeder neuen Talfahrt versuchte sie dann, ihren eigenen Rekord zu brechen.

Plötzlich kamen, gerade in dem Augenblick, als Marion auf dem Höhepunkt ihrer Geschwindigkeit war, zwei Nonnen um die Ecke, die von einem Seitenweg ausgerechnet auf Marions Rennstrecke einbogen. Das war ein kritischer Moment. Die Schwestern blickten wie versteinert auf das Kind, das da auf sie zuraste und dem es erst im letzten Moment gelang, auszuweichen.

„Komm sofort hierher!", rief die Schwester Irmgard, aber Marion war schon zu weit weg, um sie zu hören.

„Wer war denn das?!", fragte Schwester Minna, die eine sehr starke Brille trug.

„Na, wer wohl?! Natürlich wieder diese Marion! Wo immer es irgendeinen Ärger gibt, ist die dabei! Das setzt aber heute noch was!"

Als Marion ins Hauptgebäude zurückkam, stand da schon die Schwester Irmgard und wartete auf sie.

„Deine Rollschuhe kannst du jetzt gleich einmal abgeben!", sagte die Nonne streng. „Weil in der nächsten Woche fährst du sicher nicht damit. Es wird Zeit, dass du mal lernst, wie man als junge Dame Rollschuh fährt! Ihr könnt gerne ein paar zivilisierte Runden um den Hof drehen, während ihr euch gesittet miteinander unterhaltet. Aber du kannst doch hier nicht derart unkontrolliert und wild durch die Gegend rasen, noch dazu auf jenen Wegen im Park, auf denen auch die Nonnen spazieren gehen! Die wollen sich doch an der Natur und an Gottes frischer Luft erfreuen, während sie ihre Gebete sprechen! ... Und ich sag' dir jetzt noch was: Ein fauler Apfel verdirbt die ganze Steige! Und ich werde nicht zulassen, dass deine Wildheit und dein Mangel an Benehmen, auf die anderen Kinder abfärbt!"

In der folgenden Woche schlenderte Marion zu Fuß über das Grundstück. Als sie am Sportplatz vorbeikam, wo gerade einige der älteren Mädchen Handball spielten, fiel plötzlich der Ball über das Gitter und rollte den Hang nach unten, direkt in die Richtung, wo Marion stand. Spontan rannte sie los und kickte den Ball mit ihrem Fuß in hohem Bogen zurück. Die anderen Mädchen klatschten, als der Ball nach seinem langen Flug wieder bei ihnen ankam und die weltliche Turnlehrerin winkte Marion zu.

Abends aber stand wiederum Schwester Irmgard vor dem Eingangstor, wie die Hüterin der Schwelle.

„Du wirst auch in der nächsten Woche deine Rollschuhe nicht zurückbekommen!", sagte sie streng. „Was ist dir nur heute wieder eingefallen?! Eine junge Dame spielt doch nicht Fußball!! Und die anderen klatschen auch noch! Es ist schon genau so, wie ich sage: Eine kleine faule Stelle ruiniert den ganzen Apfel. Und *ein* fauler Apfel verdirbt die ganze Steige!! Da muss man Sorge tragen, dass man das Faule beizeiten entfernt!! Und fühl dich nicht so sicher, nur weil du mich nicht siehst! Vom Fenster meiner Zelle aus sehe ich alles, was in diesem Park geschieht! ... Und was ich nicht selbst sehe, das erzählt mir jemand anderer ..."

In der nächsten Woche besah sich Marion die verschiedenen Pflanzen, die im Klostergarten wuchsen. Dabei versuchte sie ein Lied zu pfeifen, als plötzlich unvermutet Schwester Irmgard hinter ihr stand.

„Was fällt dir jetzt schon wieder ein! Ein Mädchen pfeift doch nicht, Marion!! Denk an deine Rollschuhe! Wenn du sie irgendwann wieder zurückhaben willst, dann musst du endlich lernen, dich zu benehmen! Und denk an den faulen Apfel! Lass ihn dir eine Warnung sein!!"

... Kurz darauf bekam Marion plötzlich ein riesiges, schmerzendes Abszess am Kinn und deshalb wurde sie in die Krankenstation verlegt. Schwester Edeltraut bereitete aus Kräutern, die sie selbst im Garten anbaute, einen Tee, mit dem heiße Umschläge gemacht wurden. Marion studierte zutiefst beunruhigt die eitrige Beule, die sich immer stärker nach außen wölbte.

„Ja, ja, in solchen Geschwüren sammelt sich halt die Schlechtigkeit!", sagte Schwester Edeltraut. „Hoffen wir mal, dass wir das Böse aus dir herausbekommen, wenn der Abszess aufbricht." Marion bekam in der Folge noch mehr Abszesse, eines am Hinterkopf und ein weiteres am Rücken. Dann folgten noch ein Furunkel in der Nase und schmerzhafte Eiterungen um die Fingernägel herum. Offensichtlich war da wohl sehr viel Schlechtigkeit in ihr, die sich an immer neuen Stellen sammelte und nach außen drängte. Marion dachte an den faulen Apfel. Offensichtlich befiel das Faule in ihr bereits ihren ganzen Körper. Und man isolierte sie jetzt schon von den anderen Kindern, damit es sich nicht im ganzen Internat ausbreitete.

...

Auch als es Marion wieder besser ging, war sie noch lange Zeit sehr geschwächt. Oft wurde ihr schwarz vor den Augen und sie setzte sich dann in der Freistunde nur auf eine Bank im Garten und unterhielt sich mit Melanie, die sie in den letzten Wochen sehr vermisst hatte. Lethargisch machte Marion alles, was von ihr erwartet wurde und so bekam sie eines Tages sogar ihre Rollschuhe zurück.

„Na siehst du!", sagte die Schwester Irmgard, „Gutes Benehmen ist doch gar nicht so schwer!"

Das Gegenteil von Religion

„Was ist das Gegenteil von Religion?", fragte Marion Melanie.

„Ich weiß es nicht, aber frag doch die Schwester Irmgard!"

„Schwester Irmgard, was ist das Gegenteil von Religion?"

„Was ist denn das für eine Frage?! … Hm, das Gegenteil von Religion ist wahrscheinlich die Hölle!", sagte sie dann.

„Aber die Hölle ist doch nicht hier auf der Erde! Ich meine, was ist hier, in diesem Leben, das Gegenteil von Religion?"

„Nun", überlegte die Schwester Irmgard, „Ich denke, man könnte sagen, der Kommunismus ist das Gegenteil von Religion! Weil der Kommunismus hasst und verbietet die Religion. Die Kommunisten glauben ja nicht an Gott, sondern nur an ihre Ideologie. Sie glauben, dass Menschen sich gut und sozial verhalten können, auch ohne die Gnade Gottes und das ist ein schwerwiegender Irrtum. Der Mensch ist von Natur aus böse!! Zumindest seit dem Sündenfall ist der Mensch böse … Und er kann nur durch die Gnade Gottes und durch seine große Barmherzigkeit auf dem rechten Weg bleiben. Und selbst wenn der Mensch immer aufs Neue fehlt und sündigt, kann er, durch das heilige Sakrament der Beichte, doch immer wieder zurückkehren, in den Stand der Gnade … Und eines Tages kann der Mensch im Stand der

Gnade sterben und für immer in den Himmel kommen. Die Kommunisten aber kommen alle in die Hölle! Denn selbst das Gute, das sie tun mögen, ist nicht gottgefällig, sondern selbstgerecht! Und der Teufel verführt die Menschen in vielerlei Gestalt, auch in der Gestalt von Kommunisten. In Russland, wo die Kommunisten jetzt herrschen, verderben sie sogar ihre Jugend. Da gibt es etwas, das heißt: ‚Das kleine, rote Schülerbuch'. Das ist ein Büchlein, in dem sogar Schüler schon dazu angehalten werden, vom rechten Weg des Gehorsams abzufallen und das ganze Buch ist voll mit diesen kommunistischen Doktrinen! … Als ob alle Menschen gleich wären! Die Menschen sind nicht gleich! Armut und Reichtum sind gottgegeben und der Mensch soll da nichts daran ändern. Wer versucht, den Reichen ihre Besitztümer wegzunehmen, begeht die Sünde des Raubes … Und Raub ist eine besonders schwere Form von Diebstahl! Und alles was dann folgt, ist Revolution und Krieg! Und am Ende sterben viele unschuldige Menschen und Tiere, weil die Kommunisten sich der Ordnung Gottes wiedersetzt haben!"

Marion dachte kurz nach.

„Wohin kommen eigentlich die Tiere, nachdem sie sterben?", fragte sie dann.

„Ich weiß es nicht", antwortete die Schwester Irmgard, „Sie kommen definitiv nicht in den Himmel! Das wissen wir, denn der Heilige Johannes berichtet ja in der Offenbarung davon, wie er im Himmel war; und er sagt definitiv in der Schrift, dass es dort keine Tiere gab!"

„Hm … wenn das so ist, möchte ich auch nicht in den Himmel kommen!", sagte Marion. „Ich möchte lieber dorthin, wo die Tiere sind!"

„Kind! Versündige dich nicht!", mahnte die Nonne ernst. Dann aber fiel ihr eine alte Geschichte wieder ein.

„Weißt du, vor langer Zeit, in meiner Jugend, da war ich einmal in einer Mission in Südamerika. Die Menschen dort sind zwar schon überwiegend katholisch getauft, aber ihr Glaube mischt sich mit alten, traditionellen Überzeugungen.

Zum Beispiel ist San Antonio bei uns der Heilige, den man anruft, wenn man etwas verloren hat. Dort hingegen wird er gerne bemüht, wenn man einen Ehemann oder eine Ehefrau sucht! So dann nach einigen Monaten immer noch kein geeigneter Partner auftaucht, stellen die Leute das Heiligenbild einfach auf den Kopf! Und dann muss San Antonio zur Strafe so lange kopfüber hängen, bis er einen passenden Partner geschickt hat. Danach wird er natürlich sofort wieder normal aufgestellt und mit Kerzen und Blumen beschenkt … Ja, uns kommt das ein bisschen lächerlich vor, aber die Menschen in solchen ehemals heidnischen Ländern sind halt oft sehr kindlich …

Die glauben dort auch an den bösen Blick! Es heißt, dass manche Zauberer, nur durch ihren Blick allein, schon Schaden anrichten und jemanden verfluchen können. Und deshalb bindet man dort neugeborenen Tieren und Kindern ein rotes Bändchen um das

Handgelenk, denn das soll angeblich vor dem bösen Blick schützen.

Und sie kennen dort auch etwas, das heißt Limbo. Du weißt ja, es gibt den Himmel und die Hölle und dazwischen das Fegefeuer. Wer im Stand der Gnade stirbt, kommt in den Himmel. Wer mit einer lässlichen Sünde stirbt, kommt in das Fegefeuer. Dort muss er bleiben, bis seine Schuld getilgt ist und danach darf er irgendwann in den Himmel. Die Menschen jedoch, die schwere Sünden begangen haben und sterben, ohne vorher das Sakrament der Beichte empfangen zu haben, kommen in die Hölle, wo sie für immer bleiben müssen; und sie werden dort zur Strafe für ihre Sünden gequält, von Ewigkeit zu Ewigkeit …

Jetzt ergibt sich aber ein Problem! Was macht man mit den schuldfreien Wesen, denen der Zutritt zum Himmel verwehrt ist?! Zum Beispiel mit Kindern, die versterben, bevor man sie taufen kann! Die kann man ja weder ins Fegefeuer noch in die Hölle schicken, denn sie haben ja nichts verbrochen! … Nun, in Südamerika haben sie für solche Fälle eine Lösung gefunden. Man glaubt, dass da zwischen Fegefeuer und Himmel noch eine Zone ist, die sie Limbo nennen. Dorthin kommen die unschuldigen Wesen, die aus irgendeinem Grund nicht in den Himmel eingehen können! Und ich könnte mir gut vorstellen, dass dorthin auch die Tiere kommen!"

…

…

„Limbo!", flüsterte Marion und sie liebte den Klang dieses Wortes. Limbo!! Dort war jetzt sicherlich ihr Kaninchen Flecki …

Und die Kommunisten waren das Gegenteil von Religion! Das war ja interessant! Marions Beobachtung nach, waren die meisten Nonnen und Pfarrer böse. Vielleicht hatten sie ja alle diese Geschichten von Himmel und Hölle nur erfunden, damit sie die anderen Menschen leichter kontrollieren konnten. Das war ein kühner Gedanke! Die Vertreter der Kirche, behaupteten zwar immer Gott nahe zu sein, aber sie verhielten sich selten so liebevoll, wie Jesus in der Bibel. Die Nonnen waren böse! Und deshalb musste die Wahrheit anderswo liegen … Vielleicht waren die guten Menschen ja die Kommunisten, wenn sie von der Kirche so sehr angefeindet und abgelehnt wurden. Die Kommunisten glaubten daran, eine bessere Welt schaffen zu können … Sie begnügten sich nicht mit einer vagen Hoffnung auf den Himmel, sondern wollten diese bessere Welt hier, auf der Erde und jetzt gleich … Das wollte Marion auch! Sie musste unbedingt die Kommunisten finden. Aber wie? Vielleicht über dieses kleine, rote Schülerbuch! Ob man das wohl in einer Buchhandlung bestellen konnte? … Das musste dann aber mit Sicherheit ein Buchladen sein, in dem niemand Marion kannte …

… Seit einiger Zeit schlief Marion nicht mehr im Internat. Sie besuchte nur noch die Schule des Klosters und fuhr dann nachhause.

Am nächsten Donnerstag schwänzte sie das Nach-
mittagsturnen und ging zu Fuß durch die Ortschaft,
zum Bahnhof. Dann stieg sie nicht wie sonst, in den
kleinen Bummelzug, der in ihre Ortschaft fuhr, sondern nahm den nächsten Schnellzug in die Landes-
hauptstadt. Dort angekommen, stieg Marion aus und
schlenderte interessiert die belebte Straße entlang,
die in die Innenstadt führte. Sie besah sich die über-
vollen Auslagen und die bunten Aufschriften der
Geschäfte, bis sie plötzlich vor einer riesigen Buchhandlung stand. Mit klopfendem Herzen betrat sie
das Geschäft und sie war schlichtweg überwältigt
von der Unmenge an Büchern, die es da zu sehen
gab. Nachdem sie einige Zeit unschlüssig herumge-
standen war, fasste sie sich ein Herz und ging auf
den Verkäufer zu:
„Kann man bei ihnen auch Bücher bestellen?", fragte
sie schüchtern.
„Na ja, wenn sie im Verzeichnis der lieferbaren Bücher gelistet sind, dann schon!", meinte der Händler
und zeigte stolz auf ein riesiges, dickes Buch. „Wie
heißt denn das Buch?"
„Das kleine, rote Schülerbuch.", sagte Marion verlegen.
„Nie gehört!", meinte der Mann und fing an, in seinem Katalog zu suchen. „Ach, da ist es ja! ... Hm, das
kann ich dir schon bestellen. Wird wohl zwei bis drei
Wochen dauern, bis das kommt, weil das ist ein kleiner Verlag."
„Gut!", sagte Marion. „Was wird es kosten?"
„25 Schilling!"

Marion borgte sich das Geld von Melanie aus, verschwieg aber, wofür sie es benötigte. Als sie das kleine, rote Büchlein dann in Händen hielt, war sie sehr aufgeregt. In den nächsten Tagen las sie in jeder freien Minute heimlich in dem Buch, oft auch des Nachts. Dieses Buch war definitiv nichts für ihre Mutter und schon gar nichts für die Oma. Die alte Frau sagte oft:

„Ihr seid wie die Kommunisten! Immer nach dem Motto: „Was dir gehört, gehört mir auch und was mir gehört, das geht dich nichts an!"

Auch die Tante Nadja, die ja aus einem kommunistischen Land kam, ließ kein gutes Haar an den Kommunisten.

„Bei meinen Verwandten in der Tschechei, da gibt es keine Orangen und auch keine Bananen!", klagte sie oft.

„Sollen sie doch wilde Beeren und Obst vom eigenen Baum essen!", dachte Marion, die sich noch recht gut erinnern konnte, an die vielen schmackhaften Erdbeeren und an die köstlichen Äpfel im Garten der tschechischen Verwandtschaft.

... Marion verstand nicht alles, was in dem kleinen, roten Schülerbuch stand. Besonders das Kapitel über freie Sexualität fand sie etwas peinlich. Aber sie verschlang begeistert jene Passagen, in denen sich ihr Verdacht bestätigte, dass die Kirche Gott und die Hölle erfunden hatte, um die Menschen zu kontrollieren. Aus Angst vor der Hölle kämpften die Menschen nicht um das, was ihnen zustand, und so konnte man sie leicht ausbeuten.

Hinten, auf der letzten Seite, war eine Kontaktadresse in Wien angeführt, über die man mit der Kommunistischen Partei Österreichs in Verbindung treten konnte.

„Eines Tages, wenn ich alt genug bin, fahre ich nach Wien zu den Kommunisten!!", beschloss Marion.

Kurze Zeit später, ging Marion vorzeitig von dieser Schule ab. Melanie und Marion verabschiedeten sich herzlich voneinander und gelobten, für immer beste Freunde zu bleiben.

Jedoch sahen sich die beiden Mädchen nie wieder.

Melanie blieb bis zur Matura in der Klosterschule.
Bereits im Alter von 18 Jahren bekam sie einen Sohn. Dennoch schloss sie ihr Medizinstudium cum laude ab und als ihr Kind alt genug war, ging sie mit ihm zusammen für einige Zeit nach Afrika. Dort half sie armen, kranken Kindern, so, wie sie sich das schon als kleines Mädchen gewünscht hatte.

Marion aber wurde Schauspielerin.

TEIL 2

Sieben Jahre später

1

Es war die erste Probe nach der Sommerpause. Marion suchte den Saal, in dem die Leseprobe für das Kinderstück stattfinden sollte. Sie irrte einen endlosen Gang entlang und sah immer wieder nervös auf die Uhr. Vor der großen Flügeltüre stieß sie mit einem blonden, jungen Mann zusammen, der ebenfalls zu spät kam.

„Ich glaube, die haben schon angefangen", flüsterte er ihr zu.

Sie hielten beide einen Moment lang den Atem an. Dann drückte der junge Mann die Türklinke vorsichtig nach unten und die beiden schlüpften schnell in den Raum und setzten sich auf die letzten freien Plätze. Der Regisseur kam kurz zu ihnen und händigte kommentarlos die Textkopien aus. Dann fuhr er fort, das Konzept seiner Inszenierung ausführlich zu erklären und abschließend wurde das Stück am Tisch ein erstes Mal gelesen.

Der junge Mann saß Marion gegenüber … Es stellte sich bald heraus, dass er im Stück den Pinocchio darstellte. Marion hingegen hatte die Rolle der Pauline. Pauline war ein Kind, das Pinocchio auf seinen Abenteuern und Erlebnissen begleitete. Sie war auch dazu da, eine Art Schnittstelle zwischen der Bühne und dem Publikum zu schaffen. Eine Identifikationsfigur für die Kinder, gewissermaßen.

Während sie lasen, schweifte Marions Blick immer wieder zu ihrem Gegenüber … Und dann liefen plötzlich zwei Szenen gleichzeitig ab.

Zum einen entstand hier in Ansätzen eine Inszenierung. Es formten sich Figuren und die Schauspieler machten erste Bekanntschaft mit ihren Textzeilen und den dazu gehörigen Stichworten.

Zum anderen sah Marion vor ihrem inneren Auge einen Film ablaufen. Er zeigte kurze Szenen aus dem Leben des jungen Mannes, der ihr gegenüber saß. Sie erblickte ihn zunächst in den Straßen von London und dann irgendwo in den Bergen. Sie beobachtete ihn bei der Arbeit in einer Buchhandlung. Sie sah ihn als kleines Kind am Fluss mit Steinen spielen und sie erkannte ihn – als Mädchen verkleidet – auf einem Faschingsfest.

Und Marion hatte gewisse Schwierigkeiten, sich auf die Abenteuer zu konzentrieren, die sie mit Pinocchio auf der Bühne erleben sollte, denn das Leben des privaten Pinocchios erschien ihr viel spannender.

„Wie ist das möglich?", dachte Marion überrascht.
„Wie kann ich das alles von ihm wissen?"

Als die Probe zu Ende war, lächelte er ihr kurz zu.
„Wir werden uns ja jetzt ziemlich oft sehen!", meinte er. „Heute hab' ich's eilig aber wir müssen uns bald mal näher unterhalten!"
Und schon stürmte er im Laufschritt aus dem Raum.

Eine halbe Stunde später, trafen sie sich unvermutet am Bahnhof wieder:
„Was machst denn du da?"
„Ich fahr' nachhause, meine Familie besuchen!"
„Ich auch!", antwortete Marion.

... Im Zugabteil nahmen sie gegenüber voneinander Platz.

„Tja, ich war jetzt schon längere Zeit nicht mehr zuhause in Innsbruck! Meistens geht es sich schwer aus mit den Proben. Aber diesen Sonntag haben wir eine Taufe in der näheren Verwandtschaft. Da muss ich natürlich kommen, sonst ist mein Onkel beleidigt", erzählte Julian leutselig.

„Oh! Ist deine Familie sehr gläubig?", fragte Marion vorsichtig.

„Nun ja, es hält sich in Grenzen ... Aber so gewisse Feste und Rituale feiern wir schon."

„Und du? Bist du auch religiös?", hakte Marion weiter nach.

„Jetzt schon die Gretchenfrage!?", wich Julian charmant aus, während er die Augenbrauen in gespielter Überraschung hochzog.

Sie lachten beide herzlich. Dann wurde Marion wieder ernst.

„Weißt du, als Kind war ich einige Jahre in einer Klosterschule und dort hab' ich gelernt, die Religion zu hassen!", brach es aus ihr hervor. „Mit 14 habe ich mich dann allen Ernstes als ‚Kommunistin' betrachtet, weil ich halt irgendwie erfahren hatte, dass die Kommunisten die Kirche verachten!", versuchte sie zu erklären.

Julian lachte wieder.

„Das macht durchaus Sinn", meinte er schmunzelnd. „Ist ja naheliegend, dass man die Wahrheit am anderen Ende der Extreme sucht, wenn einen die eine

Seite enttäuscht hat. Für mich wäre das alles nichts", meinte er dann. „Ich bin mehr ein Freigeist und viel zu unabhängig in meinem Denken, um mich irgendeiner Ideologie, ganz egal welcher, unterzuordnen ... Es heißt zwar immer, Religionen helfen den Menschen bei der Bewältigung ihrer Probleme, aber ich kann das aus eigener Erfahrung nicht bestätigen", fuhr er fort.

„Ich auch nicht!", stimmte Marion zu.

„Weißt du, mir kommt vor, die Religion hilft hauptsächlich bei der Bewältigung von Problemen, die man ohne die Religion gar nicht gehabt hätte!", fügte er scherzend hinzu.

„Du hast ja so Recht!!" Marion lachte anerkennend. Dann aber wurde sie wieder ernst. „Ich habe mich lange Zeit intensiv mit allen möglichen Religionen und Weltanschauungen befasst", erzählte sie. „Und hin und wieder dachte ich anfangs wirklich, ich hätte jetzt endlich die Wahrheit gefunden ... Aber irgendetwas hat mich dann doch immer gestört. In der Theorie klingt vieles gut, nur in der Praxis sieht es zumeist anders aus ..."

„Das sehe ich ganz ähnlich", sagte Julian. „Weißt du, irgendwann ist es einfach an der Zeit, dass man den Mut aufbringt, selbstständig zu denken. Man muss sich von all diesen übergestülpten Ideologien frei machen und herausfinden, wer man wirklich ist ..."

Eine Zeitlang sagten sie beide kein Wort, sondern beobachteten schweigend, wie die herbstliche Landschaft an dem fahrenden Zug vorbeifegte.

„Seltsam", dachte Julian, „Irgendwie fühlt es sich an, als hätten wir schon ganz viel miteinander erlebt! Dabei kennen wir uns doch erst seit ein paar Stunden."

Während draußen am Fenster, immer neue Bilder vorbeijagten, wirbelte plötzlich eine bunte Diashow durch Julians Stirn. So, als blättere er in einer Fotoserie über Marion, die irgendwie in seinen Kopf gerutscht war. Julian schloss kurz die Augen. Dann betrachtete er aufmerksam die zierliche Gestalt des Mädchens, das ihm gegenübersaß ...

„Seltsam!", dachte er wieder.

Irgendetwas war anders, als es sonst zu sein pflegte, wenn man neue Leute kennenlernte. Irgendwie war diese unangebrachte Vertrautheit irritierend, fast schon peinlich.

Bevor Marion dann ausstieg, ergriff Julian plötzlich ihre Hand, wie um sie festzuhalten. Einige Augenblicke lang sah er ihr tief in die Augen und wieder sprachen sie beide kein Wort.

„Ich weiß, wer du bist!", sagte er dann unvermutet und erschrak im nächsten Moment.

Marion aber lächelte nur.

„Ich bin deine Pauline, mein Pinocchio!", scherzte sie. Sie lachten beide herzlich, umarmten sich kurz und dann stieg Marion aus.

„Bis am Montag auf der Probe!", verabschiedete er sich.

„Ja! Und schönes Wochenende!", rief sie zurück.

Marion kletterte rasch aus dem Zug, aber sie blieb auf dem Bahnsteig vor seinem Fenster stehen und winkte. Er öffnete schnell das Schiebefenster und beugte sich lächelnd aus dem Abteil. Dann sahen sie beide zu, wie der jeweils andere immer kleiner wurde und zuletzt verschwand.

Marion fühlte einen Schmerz in sich, als ob sie gerade etwas ganz Kostbares gefunden und im nächsten Augenblick auch schon wieder verloren hätte und das verwirrte sie.

„Du siehst ihn ja schon in zwei Tagen wieder!", dachte sie, während sie gegen diese überraschende Empfindung von Verlust ankämpfte. Sie schloss die Augen und versuchte, sich sein Gesicht ganz genau einzuprägen … sein Lächeln, seine hellen Augen … und auch die Art, wie er seine schmalen, feingliedrigen Hände bewegte, wenn er sprach. Sie versuchte, seine Stimme noch weiter in ihrem Ohr nachklingen zu lassen … „Ich weiß, wer du bist …"

„Ich weiß auch, wer du bist!", dachte sie dann und lächelte still vor sich hin. „Ich weiß, wer du bist!"

2

Am Montag nach der Probe, begleitete Marion Julian nachhause. Sie gingen über den belebten Hauptplatz und bogen dann in eine kleine Seitengasse ab, in der das Landestheater ein ganzes Haus für seine Mitarbeiter angemietet hatte. Ein unscheinbarer, grauer Betonbau, der nicht vermuten ließ, dass da so viele kreative Menschen hinter der langweiligen Fassade lebten. Julian hatte eine der einfachen, kleinen Ein-Zimmer-Wohnungen bezogen, da er in dieser Stadt niemanden kannte und das Engagement sich relativ kurzfristig ergeben hatte.

„Besser und billiger als im Hotel zu wohnen, ist es auf jeden Fall!", meinte er zu Marion, „Aber schreck dich nicht, ich hatte noch keine Zeit, aufzuräumen. Soll ich uns dafür einen schönen Tee machen? Du trinkst doch Tee?"

„Ja, ich trinke fast nur Tee. Kaffee vertrage ich nicht", antwortete Marion.

„Ich auch nicht, ich werde von Kaffee irgendwie nervös."

„Ja, Kaffee fühlt sich seltsam an im Magen!"

„Magst du Earl Grey mit Milch?"

„Gerne!"

Julian brachte zwei alte, chinesische Teetassen. Dann räumte er den einzigen Stuhl mit wenigen Handgriffen für seinen Besuch frei und setze sich selbst aufs Bett.

„Mmh! Schmeckt gut!", sagte Marion.

„Ich hab' den noch aus London!", erklärte Julian. „London ist eine Stadt, die ich sehr gerne mag. Ich fahr' da manchmal einfach nur zum Einkaufen hin, denn dort gibt es so ausgefallene Sachen zum Anziehen. Und jedes Mal bin ich begeistert von all diesen kleinen, schmalen Gassen und von den originellen Läden, in denen man alles Erdenkliche finden kann. Dadurch, dass England Kolonialmacht war, haben sie auch heute noch gute Wirtschaftsverbindungen und man kann indische Gewürze und Tees bekommen, die wirklich ganz besonders fein schmecken ... Großbritannien ist überhaupt ein Land, wo ich später einmal leben möchte."

„Ich war erst einmal in London. Und ich hab' mich dort nicht so lange aufgehalten, weil ich eigentlich nach Schottland unterwegs war!", meinte Marion. „Aber so, wie du davon erzählst, bekomme ich richtig Lust, mir London einmal genauer anzuschauen!"

„Wer weiß, vielleicht fahren wir eines Tages zusammen hin", entgegnete Julian mit der größten Selbstverständlichkeit. „Was hast du eigentlich in Schottland gemacht?", fragte er dann.

„Mein Großvater väterlicherseits war Schotte. Ich hab' ihn nie persönlich kennengelernt. Aber ich hatte damals den innigen Wunsch, zumindest diese Gegend, der er entstammte, einmal zu sehen ...

Es war eigenartig. Ich konnte zwar in den ersten Tagen den lokalen Akzent nur sehr schlecht verstehen, dennoch hatte ich von Anfang an, dieses ungewohnte Gefühl von Heimat. Ein Gefühl, das ich in dem Dorf, in dem ich aufgewachsen bin, nie hatte. Sicher hat das mit der persönlichen Familiengeschichte meiner Verwandtschaft mütterlicherseits zu tun ... Meine Mutter ist nach dem zweiten Weltkrieg mit ihrer Familie aus Böhmen geflüchtet, das heißt, genaugenommen sind diese Menschen damals nicht geflüchtet, sondern ausgewiesen worden. Und ich denke, dass dieser jähe und unfreiwillige Verlust der Heimat wohl sehr traumatisch war ...

Meine Großmutter hat an jedem Donnerstagabend, andere, sogenannte Heimatvertriebene zu sich eingeladen und sie hat dann immer böhmische Spezialitäten gekocht ... Krautliwanzen, Kohlrouladen und ähnliches. Es ist unglaublich, was die alles aus Kohl und Kraut kochen können!! Nur leider kann ich beides nicht ausstehen. Ich finde schon den Geruch zum Erbrechen. Ich hab' dann immer eine ganze Dose Thunfisch nur für mich allein bekommen; und das war das Highlight des Tages! ... Denn alles andere war für mich sehr bedrückend. All diese Gespräche über die alte Heimat ... Und diese wehmütigen Lieder, die sie dann immer gesungen haben ... Und die vielen Tränen ... Das hat einen bleibenden Eindruck bei mir hinterlassen ... Ich wusste immer, dass diese Ortschaft, in der ich lebte, nicht meine Heimat ist. Dass es unglückliche Umstände waren, die uns alle dorthin geführt hatten, sozusagen ein tragischer, historischer Irrtum, der leider nicht mehr gutzumachen war.

Und gleichzeitig hatte ich auch immer das Gefühl, dass ich zu dieser Familie meiner Mutter nicht wirklich dazugehöre; ich meine, ich habe mich immer fremd gefühlt. Und im Geheimen war da schon früh diese Sehnsucht nach meinem Vater. Als ich alt genug war, hab' ich versucht ihn zu finden, was mir dann auch gelang … Und diese Reise nach Schottland war wohl so eine Art Weg zurück zu den wahren Wurzeln. Wie gesagt, es war eigenartig, weil ich so ein starkes Gefühl von genetischer Verwandtschaft hatte. In Schottland haben fast alle Menschen zumindest einen rötlichen Schimmer im Haar und diese empfindliche, sommersprossige Haut ist dort auch sehr verbreitet."

„Hm", sagte Julian, „ich kenne meinen Vater auch nicht. Meine Mutter macht ein großes Geheimnis aus seiner Person. Und ich kenne diese Sehnsucht, nach etwas, das immer fehlt. Insofern kann ich dich gut verstehen. Aber ich stelle mir das sehr schwierig vor, in einem Umfeld aufzuwachsen, in dem man sich nicht heimisch fühlt. Ich selbst bin als Tiroler erzogen worden und habe mich mit meiner Herkunft immer voll identifiziert. Weißt du, der Tiroler glaubt, er ist etwas Besonderes; seit Wilhelm Tells Zeiten, lebt er in diesem Bewusstsein. Und als Tiroler wirst du ständig aufgefordert, Besonderes zu leisten. Deshalb hab' ich mich beim Bundesheer auch zu den Gebirgsjägern gemeldet … Dabei bin ich so gar nicht der Typ des Soldaten und alle wundern sich immer, dass ich nicht Zivildiener gewesen bin. Aber für mich war gerade dieser Kontrast reizvoll. Dieses Eintauchen in eine Welt, die so überhaupt nicht meine ist, das war schon spannend … Und weißt du, egal was ich dort tun sollte, ich hab' es immer nur als Rolle betrachtet und versucht, sie bestmöglich zu spielen, so wie am Theater auch. Ich bin in meinem Herzen Pazifist, aber ich wollte das, wogegen ich bin, einmal aus nächster Nähe kennenlernen ..."

Als Marion sich verabschiedete, war es bereits spät am Abend und Julian bestand darauf, sie noch nachhause zu bringen. Mit der größten Selbstverständlichkeit ergriff er ihre Hand und sie gingen schweigend durch den kühlen Oktoberabend.
Vor Marions Wohnung verabschiedete er sich dann rasch.
„Bis morgen", sagte er noch.
Marion sah ihm eine Weile nach, wie er im Dunkeln verschwand. Dann schloss sie kurz die Augen.
„Dreh dich um!", wünschte sie einige Momente lang mit all ihrer Kraft.
Und dann blieb er wirklich noch einmal stehen und winkte ihr zu.

3

„Eigentlich schade, dass jeder hier so für sich bleibt", meinte Julian einige Tage später, als Marion ihn wieder nachhause begleitete. „Man sollte etwas organisieren, dass die Leute mehr zusammenkommen!"
„Ja, diese Situation, dass die Arbeitskollegen gleichzeitig auch die Nachbarn sind, ist schon recht speziell", stimmte Marion zu.
„Obwohl … weißt du, die Leute sind teilweise schon recht arrogant. Viele von diesen alteingesessenen Schauspielern, reden im ersten halben Jahr mit den neuen Kollegen kein Wort. Deshalb müssen wir untereinander zusammenhalten."

Bei einigen Tassen Tee wurden diverse Vorschläge ausgetauscht und wieder verworfen, bis Julian dann eine Idee hatte, die sie beide begeisterte.
„Das machen wir!", sagte er zufrieden. Dann holte er einen Bogen Packpapier, auf den er in großen Lettern schrieb:

„ JULIANS TEESTUNDE:
TÄGLICH von 17 bis 18h
EINGELADEN SIND ALLE
UND DER TEE IST GRATIS!"

…
„Und jetzt malen wir da noch ein wenig bunte Dekoration rundherum, damit das ein bisschen auffälliger wird! Komm, hilf mir!"

Sie verbrachten den Rest des Nachmittags mit der Gestaltung des Plakates, das Julian zuletzt an die Außenseite seiner Wohnungstür hängte.

Julians Teestunde entwickelte sich nach und nach zu einer fixen Größe. Anfangs kamen die Kollegen aus Neugierde, später kamen sie wieder, weil sie sich wohlfühlten. Und für die jüngeren Schauspieler wurde Julians Teestunde bald schon zu einem beliebten Treffpunkt, wo man die neuesten Theaternachrichten erfahren, aber auch tiefsinnige, philosophische Gespräche führen konnte. Marion war fast immer dabei und wenn die Gäste gegangen waren, mussten sie meist zurück ins Theater, wo es dann Zeit für die Abendprobe war.

...

„Was machst du eigentlich am nächsten Wochenende?", fragte Julian beiläufig.
„Ich hab' nichts Besonderes vor. Warum fragst du?"
„Hm ... Ich bin gerade am Überlegen ... Sag! Was hältst du davon, wenn wir einen kleinen Ausflug mit dem Schiff machen?"
„Ja, warum nicht ... das wäre sicher schön!"

Sie trafen sich am Samstagvormittag beim Theatercafé und schlenderten dann gemütlich zum Hafen.
„Nehmen wir einfach das nächste Schiff, das fährt!", schlug Marion vor.
Der Dampfer fuhr nach einer kleinen Runde durch den Hafen flussaufwärts, immer die wildromanti-

schen Auen entlang. Aber nach zehn Minuten begann es plötzlich in Strömen zu regnen.

„Schade", meinte Julian. „Bei schönem Wetter macht
das natürlich viel mehr Spaß!"

Dann zog er seine Jacke aus und legte sie fürsorglich
um Marions Schultern.

„Aber so ist es doch für dich viel zu kalt!", protestier-
te sie. „Komm, Julian, wir haben beide Platz in dieser
Jacke!"

Also schlüpfte Julian in den rechten Ärmel und Marion in den linken und den jeweils freien Arm schlangen sie beide eng um die Taille des anderen.

So saßen sie lange Zeit am Fenster des Schiffes und
beobachteten, wie der Regen gegen die Scheibe, die
sich immer mehr beschlug, prasselte und wie die
nassen Wälder an ihnen vorbeiglitten.

„Fast wie in Schottland!", sagte Julian scherzend. „Da
regnet es doch auch immer!"

„Und wo sind die Schafe?", fragte Marion zurück.

„Oh, denen ist kalt, die haben sich jetzt im Stall versteckt! ... Sag mal, Marion, hast du Hunger? Wollen
wir dann nachher noch was essen gehen? Was isst
du denn gerne?"

„Ich bin Vegetarierin."

„Oh, das ist interessant. Ich kenne da ein Lokal am
Hauptplatz, eigentlich ist es mehr ein Gasthaus, aber
die haben immer auch sehr ausgewählte, vegetarische Menüs ... Da können wir dann nachher noch
hingehen und uns aufwärmen ... Und wir fahren ein-

fach mit dem Taxi dorthin, ich kann ja nicht zulassen, dass du ganz nass wirst!"

...

Als sie später in der Gaststätte angekommen waren, bestellten sie beide überbackenen Karfiol, der dann wirklich ganz außergewöhnlich delikat schmeckte. Zu Marions Überraschung wurde das Gemüse im Ganzen serviert und der Blumenkohl war mit verschiedenen, hochpreisigen Käsesorten und einer ganz köstlichen Rahmsauce gefüllt.

„Mmh", sagte Marion, „ich habe noch nie in meinem Leben etwas so Köstliches gegessen!"

„Das freut mich aber!", strahlte Julian. „Wenn schon unser Ausflug ins Wasser gefallen ist, dann möchte ich doch, dass du diesen Tag wenigstens irgendwie positiv in Erinnerung behältst!"

„Es war schön, Julian!", sagte Marion lächelnd. „Alles war schön, sogar der Regen!"

„Ja", sagte er nachdenklich, „Regen hin oder her, irgendwie ist es immer schön, wenn wir zusammen sind! Jedenfalls für mich!"

„Für mich auch!"

Als der Kellner dann kam um zu kassieren und Marion seine heisere Stimme hörte, musste sie plötzlich lachen.

„Was ist?", fragte Julian etwas erstaunt, nachdem er bezahlt hatte.

„Oh, Julian, danke für die Einladung! ... Ich lache nur so, weil mir eine Geschichte von meinem Onkel wieder eingefallen ist. Mein Onkel hat mir davon erzählt, wie er als kleines Kind manchmal mit der Pferdeeisenbahn in die Stadt gefahren ist; und dass er dann mit seinem Vater immer in einem Gasthaus war, wo der Wirt für gewöhnlich mit heiserer Stimme flüsternd, die Spezialität des Hauses empfohlen hat. Und das war: Hirn mit Ei. Und mein Onkel fand diese Stimme so gruselig, dass es ihn jedes Mal schauderte, wenn er dieses ‚Hirn mit Ei‘ hörte. Und selbst nach Jahren, als er schon erwachsen war, ist mein Onkel extra noch einmal dort hingefahren. Und der Wirt war immer noch da und er empfahl immer noch mit heiserer Stimme sein Hirn mit Ei. Mein Onkel genoss also noch einmal in vollen Zügen die Erinnerung an sein kindliches Gruseln! Und die Stimme dieses Kellners heute, hat mich jetzt wieder an diese Geschichte erinnert ...“

„Ja, solche Gruselgeschichten sind manchmal schon schön!“, stimmte Julian zu. „In London erzählen sich die Leute gerne Gespenstergeschichten. Glaubst du eigentlich an Gespenster? Ich meine, das sind natürlich Verstorbene, die da versuchen, Kontakt aufzunehmen.“

„Ich glaub‘ sowas schon“, sagte Marion. „Ich glaub‘ auch an Wiedergeburt. Kannst du dir das vorstellen, dass es das gibt?“

„Hm, in London, da hatte ich immer dieses ganz eigenartige Gefühl, dass ich dort früher schon einmal war ...“

„Interessant! Kannst du dich an irgendetwas erinnern?"

„Ich weiß nicht, das ist so schwer zu sagen, ob man sich da wirklich erinnert oder ob man sich das nur irgendwie zusammenfantasiert ... Aber ich glaube mich an eine Existenz zu erinnern, in der ich als junger Mann Gedichte schrieb ... Mir sind Zeilen davon wieder eingefallen, als ich das erste Mal in London war ... In einem seltsamen, irgendwie antiquierten Englisch ... Formulierungen, auf die ich nie kommen würde! ... Und mir muss damals irgendetwas passiert sein, ich weiß nicht so genau, was ... Aber gefühlsmäßig würde ich sagen, dass es mit Wasser zu tun hat ... Ich kann es nämlich nicht ertragen, mit dem Kopf unter Wasser zu sein. Nicht einmal in der Badewanne. Da bricht bei mir regelrecht Panik aus!"

...

In Julians Wohnung wurde dann wieder Tee für die Teestunde zubereitet und während sie darauf warteten, dass das Wasser zu kochen begann, öffnete Julian ein kleines Päckchen.

„Von meiner Mutter!", sagte er und drückte Marion das eben ausgepackte Buch in die Hand.

Marion schlug einige Seiten auf, während Julian den Tee aufgoss, bis sie plötzlich innehielt.

„Sieh mal, dieser junge Mann da, der sieht dir doch irgendwie ähnlich! Findest du nicht auch?", meinte sie.

„Zeig her ... Hm ... Ja, irgendwie schon. Seltsam ... siehst du, das ist jetzt auch wieder so eine Situation.

Ich sehe dieses Gesicht und es ist mir seltsam vertraut ... Und du findest auch, dass er mir ähnlich sieht? ... Wer ist denn das? Lies vor!" Julian hantierte inzwischen wieder in der Küche.

„Moment, was steht da ... Aha! Also er heißt Percy Bysshe Shelley ... Moment ... Und er war ein englischer Dichter der Romantik ... Er war auch Atheist und ein Freidenker ... Und er setzte sich für soziale Gerechtigkeit ein ... Oh! Seine erste Ehefrau ist ins Wasser gegangen! Wie kann man sich nur so umbringen! ... Ach! Und im Alter von 29 ist er selbst bei einem Bootunfall ertrunken", fasste Marion den Eintrag zusammen.

„Das ist jetzt aber fast schon unheimlich", sagte Julian, „dass wir das Buch genau an dieser Stelle aufschlagen, wo wir doch vorher gerade davon geredet haben ... Wahrscheinlich ist es ja nur ein Zufall, aber wer weiß!? Es könnte schon sein ... Vielleicht war ich ja früher einmal dieser Percy Shelley. Das würde jedenfalls erklären, warum mir England so vertraut ist und warum ich solche Angst vor Wasser habe ... Hast du eigentlich auch solche Erinnerungen?"

„Hm", begann Marion zögernd, „es gibt da so eine Geschichte, die sich mir immer wieder aufdrängt: Ich bin ein junges Mädchen und lebe wohl in irgendeiner länger zurückliegenden Zeit, denn die Kleider sind sehr lang und altmodisch. Ich könnte allerdings nicht sagen, wann das war, dazu weiß ich zu wenig über die geschichtlichen Epochen. Aber ich sehe dieses eine Kleid so deutlich vor mir, dass ich es aufzeichnen könnte ... Und die Szene ist immer die gleiche. Es ist der Tag meiner Hochzeit ... Ich trage dieses aufwändig bestickte Kleid und einen Kranz aus Gänseblümchen im Haar ...

Da mein alter Vater mit meinem Bräutigam nicht einverstanden ist, brennen wir einfach durch ... Wir heiraten zunächst heimlich, in einer anderen Stadt. Doch später am Abend taucht mein Vater unerwartet auf der Hochzeitsfeier auf, wo alle Leute fröhlich tanzen. Mit seinem Jagdgewehr will er meinen Mann erschießen; aber ich werfe mich dazwischen und so trifft er mich ... Und diese Erinnerung daran, wie ich auf meiner eigenen Hochzeit gestorben bin, die hat für mich etwas so ungemein Beklemmendes, dass ich Angst hätte, zu heiraten ... Es ist sogar schwierig für mich, die Hochzeiten anderer zu besuchen ..."

„Seltsam!", sagte Julian.

„Erzähl das aber nicht weiter", bat Marion, „ich hab' das noch nie zuvor jemandem erzählt ..."

„Nein, natürlich nicht!", versicherte Julian. „Für die meisten Menschen ist das nichts. Aber ich freue mich, dass wir auch über solche Dinge miteinander reden können!"

4

„Marion, glaubst du, dass du irgendwie hellsichtig sein könntest?", fragte Julian.

„Ich weiß nicht, manchmal weiß ich halt, was andere Menschen denken. Aber ich bin mir nicht sicher, wie sich das macht. Verstehst du, ich habe nicht die geringste Ahnung, ob ich den anderen meine Gedanken irgendwie übertrage oder ob ich ihre Gedanken errate ... Und das ist etwas ganz anderes, finde ich. Ich spiele zum Beispiel an der Bushaltestelle immer ein Spiel. Da konzentriere ich mich darauf, dass die Tür direkt vor mir stehen bleibt. Und das klappt fast immer. Aber ich weiß nicht, ob ich irgendwie spüre, wo die Tür sein wird und mich dann genau dort hinstelle oder ob ich mit meinen Gedanken bewirke, dass die Tür genau vor mir landet. Und das beschäftigt mich, weil es eben einen großen Unterschied macht ..."

„Hm ... ich denke, es könnte auch eine Kombination von beidem sein", meinte Julian. „Da fällt mir ein kleines Gedankenübertragungsspiel ein! Ich hab's nicht selbst erfunden, aber ein Bekannter, der Psychologie studiert, hat mir das mal gezeigt. Wenn du willst, können wir's gleich ausprobieren!", schlug er vor ... „Schau, ich schreib' hier auf diesen Zettel die Lösungen und leg' ihn verkehrt auf den Tisch. Und jetzt müssen wir uns in die Augen sehen. Ich werde laut zählen und dann irgendwann zum Beispiel ‚Land' sagen und dann sagst du das erste Land, das dir in den Sinn kommt. Während ich zähle, werde ich versuchen, dir das richtige Wort zu übertragen und sobald ich glaube, dass es bei dir angekommen ist, werde ich dich fragen. Ok?"

„Gut!", sagte Marion. „Wie setzen wir uns dazu am besten hin? ... Vielleicht gegenüber?"

Sie setzen sich auf den bunten Teppich und sahen sich tief in die Augen.

„Eins, zwei, drei, vier, ... 18, 19, Farbe!", sagte Julian.

„Rot!", antwortete Marion, ohne zu zögern.

„Eins, zwei, drei, vier, fünf, ... 16, 17, Werkzeug!"

„Hammer!"

„Eins, zwei, drei, ... 23, 24, Instrument!"

„Geige!"

„Eins, zwei, drei, vier, fünf, sechs, sieben, Farbe!"

„Blau!"

„Eins, zwei, drei, ... 19, 20, Land!"

„Irland", sagte Marion.

Dann wandte sie den Blick ab und rieb sich die Augen.

„Ich kann jetzt nicht mehr weitermachen, Julian ... Meine Augen fangen schon an, zu tränen. Aber sag! Wie viele hab ich richtig?"

„Alle sind richtig!"

„Nein! Das glaub' ich nicht!"

Julian holte lächelnd seinen Zettel vom Tisch und reichte ihn Marion.

Und wirklich. Da stand: ROT, HAMMER, GEIGE, BLAU, IRLAND, KLAVIER, ZANGE ...

„Hast du das schon oft gespielt?", fragte Marion. „Klappt das immer?"

„Ich hab's schon öfter gespielt und meistens sind so zwei von drei Antworten richtig gewesen. Aber bei dir waren alle richtig!! Ich frage mich, wie weit das gehen könnte! Offensichtlich funktioniert es zwischen manchen Menschen besonders gut. Ich denke oft darüber nach, was man alles damit machen könnte. Verstehst du, wenn man zum Beispiel in der Lage wäre, solche Gedankenkräfte gezielt einzusetzen – Könnte dann eine größere Gruppe von Personen, nur durch ihre Gedankenkraft, einen Politiker dazu bringen, gewisse Handlungen zu tätigen oder auch zu unterlassen? Die Möglichkeiten für die Anwendung wären geradezu unbegrenzt! Man könnte so vieles zum Guten beeinflussen!"

Marion überlegte kurz. Dann sagte sie zögernd:

„Aber auch zum Schlechten, oder? Ich meine, wenn es wirklich funktioniert, dann wohl in beide Richtungen!"

„Hast du persönlich irgendwelche Erfahrungen damit gemacht? Was war das Extremste, das du auf diesem Gebiet erlebt hast?", forschte Julian nach.

Marion senkte den Blick und sortierte mit zusammengekniffenen Augenbrauen die Erinnerungen, die in ihr aufstiegen.

„Weißt du, früher, da hab ich manchmal solche Gedankenspiele gemacht, einfach so, nur um auszuprobieren, was alles geht", begann sie zu erzählen, „und einmal, ich war damals erst 16, da war ich auf einer Party. In unserer kleinen Ortschaft kannte man zumeist alle Leute, aber an diesem Abend waren da auch zwei fremde, junge Männer aus der Stadt. Und ich weiß wirklich nicht, was mich damals geritten hat. Mir war langweilig und ich wollte ausprobieren, ob ich jemanden nur durch meine Gedanken dazu bringen könnte, dass er sich in mich verliebt …"

„Und? Hat es geklappt?"

„Nun, ich suchte mir also ganz willkürlich einen von den beiden Burschen aus und begann mich zu konzentrieren. Die Fremden hatten mich zu diesem Zeitpunkt noch nicht einmal wahrgenommen, da ich ja in einiger Entfernung hinter ihnen stand; und ich selbst hatte nur ihre Rückseite gesehen. Plötzlich drehte sich derjenige, auf den ich mich konzentrierte, um. Und kurz darauf hat er mich angesprochen und mir ein Getränk gebracht. Wir tanzten zunächst ein bisschen … Nach einiger Zeit haben wir die Party verlassen und sind runter gegangen, zum See. Dort haben wir uns lange unterhalten. Irgendwie hatte er das Bedürfnis, mir gleich sein ganzes Leben zu erzählen. Dann hat er den Arm um mich gelegt und wir sind lange Zeit ganz still dort gesessen und haben nur im Dunkeln auf das Wasser gestarrt … Und plötzlich hat er zu mir gesagt, er wisse nicht, wie das möglich sei, aber er habe sich in mich verliebt …

Ich hatte also mein Ziel erreicht.

Dann jedoch geschah etwas Seltsames, denn ich konnte dieses Spiel nicht mehr rückgängig machen. Stattdessen verliebte auch ich mich in ihn, was eigentlich nie beabsichtigt war. Ich hatte ihn wirklich nur ganz zufällig für dieses Experiment ausgewählt, ohne irgendein persönliches Interesse. Ich hatte ja, wie gesagt, zu diesem Zeitpunkt noch nicht einmal sein Gesicht gesehen! Kurz darauf wurden wir umständehalber getrennt. Aber wir waren beide noch jahrelang verliebt und träumten sogar von einer gemeinsamen Zukunft … Ich hab' ihm nie davon erzählt, wie das alles begonnen hat, aus Angst, er würde es vielleicht nicht verstehen und böse auf mich werden …

Inzwischen bin ich auch davon überzeugt, dass es ein unstatthafter Eingriff in die Freiheit eines anderen Menschen ist, wenn man versucht, ihn dazu zu bringen, dass er eine bestimmte Person lieben muss … Ich würde das nie wieder tun … Aber damals war's halt zunächst nur ein Spiel; ich hatte ja gar nicht damit gerechnet, dass es funktioniert. Und an mögliche Konsequenzen habe ich damals auch nicht im Geringsten gedacht … Leider war dieser Mann auf keinem guten Weg. Er hatte die Schule abgebrochen und kam später ins Gefängnis, weil er zeitweise mit Drogen handelte … Zuletzt ist er auch an einer Überdosis gestorben. Er war, wie du siehst, wirklich kein Mensch, mit dem man sein Leben verbringen möchte. Dennoch war da immer diese magische Verbindung … Und auch, wenn ich genau wusste, dass ich selbst dieses Band geknüpft hatte, so konnte ich es doch nicht mehr lösen. So wie man einen Knoten knüpfen kann mit einem Seil, den man plötzlich nicht mehr aufbringt. Verstehst du, es gab keinerlei Gemeinsamkeiten zwischen uns! Das Einzige, was uns verband, waren diese intensiven Gefühle …"

„Das ist ja spannend!", sagte Julian. „Ich glaube daran, dass es solche Dinge gibt. Hast du noch andere Erlebnisse gehabt, wo du nur durch deine Gedanken, etwas erfolgreich beeinflusst hast?"

„Ja", meinte Marion. „Als Volksschulkind hab' ich mich einmal vor so einem Kaugummiautomaten ganz fest darauf konzentriert, dass ein grüner Kreisel herauskommt. Und stell dir vor! Es kam dann wirklich ein Grüner heraus! Das kann natürlich Zufall gewesen sein, aber ich war damals felsenfest davon überzeugt, meine Gedanken hätten das bewirkt …

Und dann war da die Sache mit dem Kartenspielen. Weißt du, meine Familie hat am Samstagabend zumeist die Tante Mariechen eingeladen. Es gab dann immer fantasievoll dekorierte Brötchen, die mir sehr gut schmeckten. Zum Abschluss wurde immer eine Nachspeise serviert, die gewöhnlich die Tante mitgebracht hatte. Als alleinstehende Frau mit fixem Gehalt, konnte sie sich Leckereien aus dem Supermarkt leisten, die meine Familie eigentlich viel zu teuer fand und bestenfalls für Weihnachten, Ostern oder ein Geburtstagsfest gekauft hätte."

„Was für Sachen meinst du?", fragte Julian nach.

„Na, zum Beispiel diese kleinen Päckchen aus der Tiefkühlabteilung. Besonders gerne mochte ich Kastanienreis, Himbeeren oder auch Heidelbeeren. Oder Ananasscheiben mit Schlagsahne … Die Beeren wurden dann zumeist mit Sauerrahm verrührt und das hat wirklich gut geschmeckt! Jedenfalls, um zu unserem Thema zurückzukommen, nach dem Essen wurde dann immer Karten gespielt. Ein Spiel, das Römi hieß. Ich hatte von Kindheit an eine Abneigung gegen all diese Brett- und Kartenspiele, die meine Oma liebte. Anfangs spielte ich am Samstag ja ganz gerne mit, denn in der größeren Runde machte es definitiv mehr Spaß, als mit der Großmutter allein. Aber dann kam ich dahinter, dass ich den Ausgang des Spiels beeinflussen konnte und dadurch verlor ich jedes Interesse, selbst teilzunehmen.

So setzte ich mich fortan zumeist mit einer Extraportion der Nachspeise an den Tisch und spielte heimlich mein eigenes Spiel. Bei jeder neuen Runde wählte ich zu Beginn den Sieger aus und dann konzentrierte ich mich während des gesamten Spiels darauf, dass diese Person gewinnen würde. Und es klappte fast jedes Mal. Ich muss dazusagen, dass ich am öftesten Tante Mariechen gewinnen ließ, denn die mochte ich am liebsten. Und die Mutter und meine Oma haben sich immer gewundert, was das Mariechen nicht für ein Glück hat, beim Kartenspielen!!"

„Faszinierend!", meinte Julian. „Kannst du das immer noch? Ich meine, können wir das einmal ausprobieren, wenn Besuch hier ist, zur Teestunde?"

„Klar", sagte Marion. „Aber ich will nicht, dass die anderen etwas davon wissen. Ich glaube, wenn zu viele Leute eingeweiht sind, dann klappt es nicht mehr. Dann fühle ich mich unter Erfolgsdruck und in dem Augenblick geht es nicht mehr. Es scheint wichtig zu sein, dass ich dabei ganz entspannt bin ..."

„Ach Julian, ich bin ja so froh, dass du da bist!", rief Marion, als er sie nach der Vorstellung abholte.

„Du kannst dir gar nicht vorstellen, wie gemein die älteren Kollegen sind!", fuhr sie fort. „Ich fühle mich jedes Mal so gehemmt und angespannt, sobald ich in diesem Gemeinschaftsbereich im Halbstock Platz nehme, dort, wo man auf den Auftritt wartet ... Und alle tun so, als ob ich Luft wäre!"

„Das ist normal!", meinte Julian. „Du weißt doch, dass hier im ersten halben Jahr gewöhnlich niemand mit den neuen Kollegen spricht. Und auch danach geschehen seltsame Dinge. Die Cora zum Beispiel hat mir erzählt, dass ein Kollege, mit dem sie auch noch ein Liebespaar spielen musste, sie ständig persönlich angegriffen hat. So hat er sich zum Beispiel geweigert, sie zu küssen, zunächst mit der Begründung, sie würde stinken. Dabei hat er nicht etwa zu ihr gesagt, sie möge ein stärkeres Deo benützen, nein, er hat gleich ein Attest vom Arzt gebracht, dass er angeblich gegen diese Frau allergisch ist!! ... Dass ihm Übel wird, wenn er ihr Makeup sieht und dass er Hautausschlag bekommt, wenn er sie küsst! So gesehen, hast du eigentlich noch Glück, wenn sie dich nur ignorieren!"

„Gehen wir weg von hier, Julian, ich will jetzt niemanden von denen mehr sehen."

Sie entfernten sich schnell vom Theater und Julian bemühte sich, Marion abzulenken.

„Wenn du ein Vogel wärst, was für einer wärst du dann gerne?", fragte er.

„Hm, vielleicht eine Schwalbe", antwortete Marion.

„Und ich, wenn ich ein Vogel wäre, was für einer wäre ich dann?"

„Ein Flamingo!"

„Und welche Farbe wärst du gerne?"

„Grün", sagte Marion … „Und du?"

„Blau … Und wenn du ein Tier wärst, welches möchtest du dann sein?"

„Ein Reh!", war Marions Antwort. „Und du?"

„Hm, ich wär' gerne eine Katze! … Und wenn du ein Edelstein wärst?"

„Dann möchte ich ein Bergkristall sein! … Und du?"

„Ich wär' gern ein Lapislazuli. Dieser Stein fasziniert mich. Weißt du, dieses ganz tiefe Blau und die goldenen Einschlüsse …"

„Und wenn du ein Baum wärst, Julian?"

„Dann möchte ich eine Birke sein!"

„Ich auch!", sagte Marion, „Birken sind meine Lieblingsbäume! Stell dir mal vor, wir wären zwei Birken, die nebeneinander stehen und sich im Wind wiegen. Und es kommen viele, kleine Vögel zu uns! … Die setzen sich in unser Geäst und dann singen und zwitschern sie fröhlich … Das wäre doch schön!"

„Ja!", sagte Julian gut gelaunt, blieb stehen und breitete seine Arme aus. „Ich bin eine Birke und wiege mich im Wind!", rief er scherzhaft. „Komm, Marion! Du auch!"

Und so spielten sie beide, sie wären zwei Bäume und rhythmisch bewegten sie ihre Arme und Hände im

Wind … als plötzlich eine Schaar von Vögeln mitten auf dem Hauptplatz um sie herumflatterte.

Julian fasste in seine Jackentasche und fischte die Krümel eines zerbröselten Kekses hervor.

„Da, nimm auch ein paar", flüsterte er Marion zu.

Dann waren sie wieder still und warteten. Und plötzlich, nach anfänglichem Zögern, landete der erste Vogel auf Julians Hand. Ein zweiter setzte sich auf seinen Kopf und ein anderer flog auf Marions Schulter.

In einiger Entfernung blieben inzwischen vorbeigehende Menschen stehen, hielten den Atem an und lächelten.

„Wie süß!", flüsterte eine alte Frau.

„Dabei sind die Vögel doch hier so scheu!", wunderte sich der Maroniverkäufer.

Plötzlich kam eine weiße Taube und ließ sich elegant auf Julians Hand nieder. Sie pickte ein paar Brösel auf und begann dann zu gurren. Dabei hielt sie den Kopf schief und sah Julian tief in die Augen.

„Was sie wohl sagt?", fragte Marion.

„Ach, sie bedankt sich wahrscheinlich nur!", meinte Julian leichthin. „Aber vielleicht erzählt sie uns ja auch ein ganz großes Geheimnis und wir verstehen sie nur nicht!", fügte er dann flüsternd hinzu, während seine blaugrauen Augen silbern blitzten. „Vielleicht ist diese Taube ja verzaubert und sucht deswegen unsere Nähe. Wer weiß, es könnte doch sein, dass dieser Vogel in Wirklichkeit eine wunderschöne Prinzessin ist!"

Marion streckte vorsichtig ihre Hand aus und streichelte kurz über das helle Gefieder der Taube, die daraufhin abermals eindringlich gurrte.

Und dann fiel plötzlich in großen, dichten Flocken, der erste Schnee dieses Winters ganz sachte hernieder.

Die alte Frau kam zuletzt vorsichtig näher und bekreuzigte sich.

„Wie in der Bibel!", meinte sie ehrfürchtig. „Da steigt auch der Geist des Herrn herab, in Gestalt einer Taube! Ihr müsst gute Menschen sein, ihr beiden!", fügte sie dann gerührt hinzu und schlurfte davon.

6

Die Premiere von Pinoccio fand am 10. Dezember statt. In den Tagen davor ging es hektisch zu und Julian und Marion sahen sich hauptsächlich auf der Probe.

Als dann am lang erwarteten Eröffnungsabend endlich der letzte Vorhang fiel, waren sie beide erleichtert. Julian fasste Marion an der Hand und gemeinsam gingen sie nach vorne und verbeugten sich unzählige Male. Alles war gut gegangen. Der Regisseur verlor ein paar anerkennende Worte und selbst die älteren Kollegen gratulierten. Beiläufig lud man die Neuen sogar ein, mit zur Premierenfeier zu kommen. Und als das Theatercafé gegen Mitternacht schloss, wurde die Feier kurzerhand in das Wohnhaus verlegt, in dem Julian und viele andere residierten. Die Wohnungstüren wurden geöffnet und man improvisierte am Gang flink ein kleines Buffet, für das jeder schnell etwas aus seiner eigenen Küche holte. Musik wurde aufgedreht und in Kürze füllte sich der Gang mit tanzenden Paaren.

„Warum tanzt du nicht, Mimmi?", fragte Julian eine der jungen Tänzerinnen.

„Ich kann nicht tanzen!", antwortete diese. „Ich kann nur Ballett!"

„Aber was!", meinte Julian kopfschüttelnd, „Jeder kann tanzen! Komm!"

Und schon hatte er Mimmi von ihrem Stuhl hochgezogen und wirbelte sie temperamentvoll durch die Gegend.

Danach kam er zu Marion.

„Gibt meine Pauline mir die Ehre?", fragte er charmant.

Marion ergriff lächelnd seine Hand und sie bewegten sich zur Musik … zunächst langsam, dann aber immer wilder und ausgefallener.

„Sind die eigentlich zusammen?", fragte Mimmi Cora.

„Ich weiß es nicht. So, wie sie da tanzen, könnte man das schon glauben", flüsterte Cora zurück. „Aber eigentlich hab ich immer angenommen, Julian ist schwul!"

Als dann ein langsamer Tanz kam, hob Julian Marion kurz hoch und küsste sie auf die Stirn. Während sie eng umschlungen tanzten, spielten seine Finger mit ihren langen, lockigen Haaren und seine Lippen küssten erst nochmals ihre Stirn, danach ihre flatternden Augenlider und zuletzt ihren Mund.

„Sieht nicht sehr schwul aus, was die da gerade machen!", konterte Mimmi.

„Keine Ahnung, vielleicht ist er doch bi."

Gegen halb vier Uhr morgens war die Feier dann zu Ende.

„Willst du bei mir über Nacht bleiben?", fragte Julian. „Es ist schon sehr spät und ich bin heute schon zu müde, dich nachhause zu begleiten. Und allein solltest du nicht mehr da draußen unterwegs sein, um diese Uhrzeit."

„Sieh nur, sie geht mit ihm in seine Wohnung! Vielleicht sind sie doch zusammen!", flüsterte Mimmi

Cora zu, während sie beide zu ihren eigenen Wohnungen zurückgingen.

„Hast du gemerkt, wie die alle getuschelt haben?", fragte Julian Marion mit einem schelmischen Lächeln. „Die rätseln jetzt alle, ob wir zusammen sind! Diese Theaterleute haben nichts anderes zu tun, als Klatsch zu verbreiten. Du wirst schon sehen, spätestens, wenn man uns morgen früh zusammen von hier zur Probe gehen sieht, ist es für die alle ein offenes Geheimnis, dass wir zusammen sind."

In Julians Zimmer angekommen, tranken sie noch eine abschließende Tasse Tee. Dann legten sie sich in voller Bekleidung auf Julians schmales Bett und schliefen innerhalb von wenigen Minuten eng umschlungen ein.

Als der Morgen kam, läutete der Wecker um 9 Uhr. Julian und Marion öffneten gleichzeitig die Augen, aber sie verharrten in ihrer Umarmung, als sei es ihnen unmöglich, diese zu lösen.
„Ich will nicht, dass diese Nacht vorbei ist", flüsterte Julian zärtlich, „wir sollten für immer so zusammen bleiben!"
Als sie zuletzt doch aufstanden, verspürte Marion einen geradezu körperlichen Schmerz. Fast so, als seien ihre Körper über Nacht an den Berührungsschnittstellen zusammengewachsen. Tränen schossen plötzlich in ihre Augen.

„Was hast du Marion?", fragte Julian besorgt und nahm sie wieder in den Arm.

„Ich weiß nicht, ich bin nur irgendwie ganz durcheinander …"

„Weißt du, ich könnte jetzt einfach sagen, dass ich dich liebe!", begann Julian. „Aber dieser Moment ist nicht besonders genug, dir so etwas zu sagen. Also werde ich damit noch warten. Später einmal werden wir uns an diese Stunde erinnern. An die Stunde, in der ich dir noch nicht gesagt hatte, dass ich dich liebe … Und dieses nicht-gesagt-haben, wird den Moment im Nachhinein zu etwas Besonderem werden lassen …"

„Hm … ganz so, wie die Undine im Stück von Giraudoux sagt: ‚Später einmal werden wir uns an diese Stunde erinnern. An die Stunde, in der du mich noch nicht geküsst hattest' ?", fragte Marion.

„Du kennst ‚Undine' von Giraudoux?", wunderte sich Julian.

„Mmm … Mein Lieblingsstück … Und besonders auch diese Szene …"

Dann gab Julian sich einen Ruck und ging in die Küche. Er bereitete eine große Kanne Earl Grey Tee zu. Die vertrauten Handgriffe halfen ihm, sich auf den Arbeitstag vorzubereiten, der im Moment noch sehr weit weg zu sein schien.

„Isst du gerne Orangenmarmelade?", fragte er Marion.

„Ja, sehr gerne!"

„Dann mache ich uns jetzt Toast mit Butter und *Original English Orange Marmelade*", kündigte er an.

Sie frühstückten einträchtig und Julian achtete aufmerksam darauf, dass Marions Teetasse immer voll war.

Und bald war es an der Zeit, zur Probe aufzubrechen.

7

Im Lauf des Januars, fühlte Marion jene zunehmende Unruhe in sich aufkeimen, die sie immer befiel, wenn ihr Geburtstag sich näherte.

Jahr für Jahr in Folge, hatten sich unselige Ereignisse ausgerechnet an diesem Tag zugetragen und inzwischen empfand Marion beim Herannahen ihres Geburtstags keinerlei Freude mehr, sondern nur noch eine unerträgliche Anspannung.

So hatte sie schließlich zu einer List gegriffen. Zum einen hörte sie auf, ihren Geburtstag zu feiern. Zum anderen verschwieg sie fortan ihr Geburtsdatum, beziehungsweise gab sie es einfach um drei Monate verschoben an.

Nichts an diesem Morgen verriet, dass jener düstere, regnerische 31. Jänner, an dem Marion – wie in letzter Zeit des Öfteren – bei Julian aufwachte, ihr 22. Geburtstag war.

Marion blinzelte noch mit halbgeschlossenen Augen schlaftrunken in das tiefe Grau des Raumes, als Julian mit einer großen Kanne Tee aus der Küche kam. Zum Warmhalten stellte er das Heißgetränk auf sein Keramikstövchen und überzeugte sich, dass das Teelicht auch ordentlich brannte. Danach legte er sich wieder zu Marion und bettete ihren Kopf auf seine Schulter.

„Weißt du, ich denke gerade darüber nach, ob ich nicht heute nachhause fahren sollte ..." überlegte er laut. „Ich bin nämlich gestern Abend draufgekommen, dass ich die nächsten zwei Tage frei habe! Und so oft kommt das nicht vor …

Was machst du eigentlich heute?", fragte er dann beiläufig.

„Keine Ahnung, ich hab' nichts Besonderes vor …"

„Wieso? Hast du keine Probe für das Parallelstück?"

„Nein", antwortete Marion, „die ist verschoben."

„Und morgen?", fragte Julian nach.

„Weiß ich gar nicht", entgegnete Marion achselzuckend.

Julian überlegte kurz.

„Sag mal, ich hab' da gerade so eine Idee! Ich weiß ja nicht, was du davon hältst, aber möchtest du nicht einfach mitkommen, nach Tirol?"

„Oh!" Marion war zutiefst überrascht. „Das wäre schön, Julian!", sagte sie dann mit vor Aufregung heiserer Stimme. „Echt jetzt? Willst du mich wirklich mitnehmen? Ich kann's gar nicht glauben!"

„Klar!", sagte Julian, „Ich will dir meine Heimat zeigen und meine Familie. Und ich bin mir sicher, wir werden viel Spaß haben! Komm, wir sollten uns anziehen und ins Theater rübergehen, damit wir am Probeplan eruieren können, ob du morgen auch frei hast. Weil, wenn ja, könnten wir noch den früheren Zug erwischen und gegen Mittag schon in Innsbruck sein. Aber du musst dich nicht hetzen. Für eine schöne Tasse Tee ist immer Zeit."

„Du hast auch beide Tage frei!", rief Julian erfreut, nachdem sie den Plan durchforstet hatten. Er machte einen kleinen Luftsprung und hob Marion übermütig hoch. „Wir fahren nach Tirol! Juhuu! Wir fahren zusammen nach Tirol!" Sie hüpften beide aufgeregt flatternd in der Gegend herum, wobei sie sich immer wieder in die Arme fielen.

„Was ist denn mit euch los, ihr Spinner!?", fragte ein älterer Kollege, der auch gerade seine Arbeitstermine eintrug.

„Wir haben frei und fahren nach Tirol!", antwortete Marion.

„Ein Theater macht ihr aber, als hättet ihr eine Fahrt nach Amerika gewonnen!" Der Kollege schüttelte den Kopf.

Julian und Marion hielten kurz inne und sahen sich an. Dann lachten sie schallend los und rannten Hand in Hand aus dem Theater.

Im Laufschritt ging es Richtung Bahnhof, am Hauptplatz vorbei, dann eine kleine Abkürzung und schon standen sie in der Bahnhofshalle, wo Julian zwei Fahrkarten mit Schnellzugzuschlag kaufte.

Wenig später saßen sie auch schon im Zug.

„Weißt du noch, unsere erste gemeinsame Fahrt?", fragte Julian.

„Natürlich! Wie könnte ich das vergessen!", entgegnete Marion lächelnd.

„Da wird meine Mutter aber schauen, wenn ich dich mitbringe!", meinte Julian dann.

„Bist du sicher, dass sie nichts dagegen hat?", fragte Marion.

„Aber nein, die wird sich sicher freuen! ... Nur vielleicht sollte ich sie doch noch vorher anrufen, nur damit sie sich mit dem Kochen besser darauf einstellen kann!", fügte er dann hinzu.

„Wie ist denn deine Mutter so?", fragte Marion neugierig.

„Wie sie ist? Hm, sie ist lieb, weißt du. Und sie hat es halt nicht einfach. Mein Vater ist irgendwann verschwunden und hat sich nie um seine Familie gekümmert. Mein Halbbruder lebt zwar in der gleichen Stadt, aber sie haben nicht so viel Kontakt. Ich fürchte, seit sie in Pension ist, leidet sie öfters unter Langeweile. Ältere Menschen haben zu viel Zeit zum Nachdenken und da kommen sie leicht ins Grübeln. Meine Mutter hatte halt auch andere Pläne für ihr Leben, die sie dann umständehalber nicht weiter verfolgen konnte. Sie wollte als Opernsängerin Karriere machen. Aber irgendetwas kam immer dazwischen. Zunächst der zweite Weltkrieg, dann das erste Kind. Zuletzt auch noch ich. Das war dann ihre letzte Chance, wirklich ganz groß herauszukommen, die sie durch mich verloren hat. Und natürlich vermisst sie die Bühne und das Publikum. Den Erfolg und die Anerkennung. Ich glaube, wenn man sich daran einmal gewöhnt hat, dann kann man sehr schwer darauf verzichten. So ist sie dann halt dazu übergegangen, meine Karriere voranzutreiben. Und ich finde, dass sie sich ein bisschen übertrieben reinsteigert. Überhaupt war sie recht bestimmend, in Bezug auf mich. Weißt du, sie wollte eigentlich lieber ein Mädchen und so hat sie mich einfach als Kind in Mädchenkleider gesteckt. Ich muss dir mal Fotos zeigen! Aber was rede ich da! Sie wird das sicher selbst tun, heute Abend. An irgendeinem Punkt kramt sie ja immer das alte Fotoalbum hervor … Und früher, als ich klein war, da hat sie mich ständig von allen anderen Kindern isoliert. Es gab nur einige ausgewählte Mädchen, mit denen ich überhaupt spielen durfte. Seltsamerweise ist mir lange Zeit gar nichts aufgefallen … Ich hab' wirklich bis zum Alter von zehn Jahren geglaubt, ich sei ein Mädchen!", erzählte Julian.

„Verrückt!", entgegnete Marion, „Ob du es glaubst, oder nicht, ich hatte da ein ganz ähnliches Erlebnis. Meine Großmutter wollte lieber einen Buben und ich war auch bis zum Alter von zehn Jahren überzeugt, ein Junge zu sein! Das zehnte Lebensjahr ist da wohl irgendwie die magische Grenze der Erkenntnis …"

„Nein!!" Julian schnappte vor Überraschung nach Luft. „Du bist wirklich mein kosmischer Zwilling!"

Während sie sich so unterhielten, verging die Fahrt schnell. Längst hatten sie den Regen gegen Schnee getauscht und ein blendendes Weiß ersetzte das dunkle Grau. Gegen Mittag traf der Zug am Hauptbahnhof Innsbruck ein und als sie ausstiegen, war Marion überrascht. Selbst hier in der Stadt war alles weiß, sogar die Straßen. Und der Schnee hatte etwas ungemein Frisches, Sauberes an sich.

„Wie schön!", rief Marion. „Wie wunderschön dieser Schnee doch ist! Bei uns streuen sie immer Salz, wenn es endlich einmal schneit und dann verwandelt sich der Schnee ganz schnell in Schmutz und Matsch."

„Es schneit hier wohl viel mehr, das könnte man gar nicht mehr schneefrei halten!", meinte Julian. „Aber wie du schon bemerkt hast, sieht es so naturbelassen wesentlich schöner aus! Und Tirol ist auch ein Touristengebiet. Daher ist eine vorteilhafte Optik der Landschaft durchaus wichtig."

„Ist das eigentlich kein Problem für die Autos?", fragte Marion.

„Nein, hier ist von Ende Oktober bis Mitte Mai immer Schnee, also hat jeder Schneeketten", entgegnete Julian. „Moment! Da drüben ist eine Telefonzelle! Ich werde jetzt kurz meine Mutter anrufen und ihr sagen, dass wir zum Abendessen da sind, damit sie sich ein bisschen darauf einstellen kann und wir machen inzwischen einen kleinen Ausflug auf einen unserer Innsbrucker Hausberge."

Sie fuhren mit der Seilbahn hoch und Marion kam plötzlich aus dem Staunen nicht mehr heraus. Ihre Freude, Julian zu begleiten, war zwar groß gewesen, aber von Tirol hatte sie sich nicht allzu viel versprochen. Marion konnte den Winter und die Kälte nicht ausstehen und eine Gegend, in der es noch kälter war als an ihrem Wohnort, erschien ihr in der Theorie wenig reizvoll. Doch diese perfekte, glitzernde Pracht, in der sich die Tiroler Berge stolz präsentierten, berührte sie auf eine ganz eigenartige, überwältigende Weise, die sie gar nicht einordnen konnte. So, als hätte Julian sie entführt, in ein lichtes, strahlendes Paradies, in dem alles Graue, Traurige seltsam unwirklich erschien. Oben auf dem Berg war man entrückt von allem und das durchdringende, weiße Licht heilte alle trüben Gedanken. Marion fühlte, wie eine wunderbare, nie gekannte Leichtigkeit sie unaufhaltsam durchflutete. Ein strahlendes Glücksgefühl breitete in ihr seine Flügel aus und ganz unvermutet fühlte sie sich heiter, ja geradezu euphorisch; und noch nie zuvor im Leben, waren ihre Gedanken so unglaublich klar gewesen.

„Julian, das ist genial!", flüsterte Marion, die vor Begeisterung kaum sprechen konnte. „Dass es sowas gibt!!"

„Ja, verstehst du jetzt, warum ich diese Berge so sehr liebe?", fragte Julian, während er Marion an sich drückte.

„Ja, jetzt versteh' ich das! Auch wenn ich bisher immer dachte, dass ich Berge nicht mag ... Aber das hier ist magisch. Das strahlt eine derart faszinierende Stille und einen solchen Zauber aus, dass ich mich dem gar nicht entziehen kann ... Weißt du, Julian, du kannst dir gar nicht vorstellen, wie viel mir das bedeutet! Es ist irgendwie so, als hätte ich eben überraschend etwas ganz Wunderbares gefunden, von dem ich gestern noch nicht einmal wusste, dass es mir fehlt. Ich hatte ein einziges Mal in meinem bisherigen Leben ein ähnlich intensives Glücksgefühl. Bei meiner ersten Reise mit dem Flugzeug war das. Dieser Blick auf die Welt von ganz oben! Das war auch so unbeschreiblich, so jenseits aller mir bekannten Worte ... Aber ob du es glaubst oder nicht, ich habe mich noch nie in meinem Leben so überschäumend glücklich gefühlt, wie gerade jetzt!"

Einige Augenblicke lang betrachteten sie schweigend und ergriffen die Winterlandschaft. Dann nahm Julian Marions Hand.

„Manchmal", sagte er tiefsinnig, „manchmal gibt es ihn, den perfekten Augenblick! Und das hier ist unserer ... Ich liebe dich, Marion! ... Weißt du, es drängt mich schon so lange, dir das zu sagen, aber ich wollte dafür einen Augenblick, wie diesen haben. Einen, der mir angemessen erscheint. Und solche Augenblicke sind halt selten ... Ich liebe dich!"

Dann küssten sie sich und in diesem Augenblick verlor Marion jegliches Zeitgefühl ... So, als hätte sie gerade eine neue Welt betreten, in der Gefühle und Küsse so wunderbar klar und strahlend waren, wie Kristall.

„Ich liebe dich auch, Julian!", sagte sie dann.

Etwa zwei Stunden lang, standen sie eng umschlugen und fast regungslos unter einem schneebedeckten Baum. Dann, als die Wintersonne schon schwächer wurde, bemerkten sie plötzlich, dass ihre Füße und Hände bereits recht ausgekühlt waren.

„Komm, laufen wir ein wenig! Wir müssen uns aufwärmen!", sagte Julian.

„Fang mich!", rief Marion und rannte los.

Und dann flatterten sie glücklich durch die weiße Landschaft, wie zwei fremde, bunte Schmetterlinge.

...

„Komm, Marion, wir gehen zurück zur Hütte!", entschied Julian, nachdem er sie eingeholt hatte. „Wir müssen dringend etwas Heißes trinken!"

In der warmen Bauernstube angekommen, schlürften sie gemeinsam ein großes Glas Tee mit Rum und danach wärmte Julian Marions erfrorene Hände unter seinem Pullover auf.

„Wir sollten nicht zu viel essen, weil meine Mutter macht sich sicher Mühe mit dem Kochen", überlegte er halblaut, „aber der Kaiserschmarren ist hier ganz besonders fluffig! Und außerdem macht die Kälte hungrig!" Julian bestellte eine Portion Kaiserschmarren mit zwei Gabeln und sie setzten sich vor das offene Feuer des Kamins und fütterten sich gegenseitig.

„Muss Liebe schön sein!", sagte der alte Hüttenwirt, der sie wohlwollend beobachtete, lächelnd und gab noch eine Extraportion Preiselbeerkompott aus.

Dann war es an der Zeit wieder ins Tal zu fahren und ein blutroter Sonnenuntergang vollendete zuletzt feierlich den Tag.

Es war schon dunkel, als die beiden bei Julians Mutter ankamen.

„Julian, mein Schatz!", rief sie und umarmte ihren Sohn einige Minuten lang überschwänglich … „Entschuldige, ich hab' dich noch gar nicht begrüßt … Du musst wohl Marion sein! Ich hab' schon viel von dir gehört! … Du kannst übrigens gerne Edith zu mir sagen! … Kommt herein, Kinder!", sagte sie dann herzlich.

Marion betrachtete die Frau voll Interesse. Julian hatte viel von seiner Mutter. Derselbe schmale Körperbau, die blasse, durchscheinende Haut, das feine, mittelblonde Haar. Jedoch war Julians Mutter eher klein, fast in Marions Größe.

„Ich hoffe ihr habt Hunger, Kinder!! Das Essen ist gleich fertig!" Julians Mutter lief aufgeregt zwischen Küche und Wohnzimmer hin und her.

Dann servierte sie gefüllte Champignons und Kürbispüree mit kandierten Kastanien.

„Ich hoffe, das schmeckt dir!", sagte sie zu Marion. „Wie lange bist du denn schon Vegetarierin?"

„Ach, schon seit ich selbst bestimmen kann, was ich esse ... Und es schmeckt übrigens köstlich!"

„Das freut mich aber sehr!", sagte Julians Mutter ... Nach dem Hauptgang huschte sie wieder schnell in die Küche, um dem Nachtisch den letzten Schliff zu verleihen. Mit sichtlichem Vergnügen stellte sie die drei schönen, alten Glaskaraffen, die mit einer luftigen Paradiescreme gefüllt waren, auf ein Tablett. Dann gab sie schnell ein Sahnehäubchen darüber und dekorierte mit einigen aufgetauten Himbeeren und frisch in Butter gerösteten Mandelblättchen, nach denen noch die ganze Küche duftete.

„Mmh!", flüsterte Julian Marion zu. „Allein schon dafür muss man die Mütter lieben! Es ist doch wundervoll, was die aus ein paar Lebensmitteln so alles zaubern können!"

„Ich hoffe es schmeckt euch, Kinder! Ich hab' mich jedenfalls bemüht!"

„Mmh, es sieht wirklich ganz toll aus!", sagte Marion anerkennend ... „Mmh! Und es schmeckt auch genauso gut, wie es ausschaut!", beeilte sie sich, hinzuzufügen.

Als der letzte Gang des Essens vorbei war, holte die Mutter etliche, dicke Fotoalben.
„Sieh mal, das war der Julian als Baby! ... Und da an seinem ersten Geburtstag ...
Marion betrachtete die Bilder, die ein kleines, blasses Wesen mit blondem Flaum auf dem Kopf zeigten.
„Ich hätte ja lieber ein Mäderl gehabt!", seufzte die Mutter.
„Er sieht aber wirklich wie ein Mädchen aus!", meinte Marion verblüfft, als sie die alten Kindergartenbilder durchblätterten, auf denen Julian noch lange, blonde Locken hatte und ein Schürzchen trug.
„Ja, er hatte so ein hübsches, regelmäßiges Gesicht", entgegnete die Mutter, während sie zärtlich mit dem Zeigefinger über Julians kleine Gestalt auf dem Foto fuhr. „Heute ist es wohl besser, dass er ein Mann ist, denn mit einer Körpergröße von über 1,90, hat man es als Frau auch nicht gerade leicht. Aber wie gesagt, ich habe mir immer eine Tochter gewünscht und deshalb freut es mich, dass Julian endlich einmal ein Mädchen mit nachhause bringt ... und dann gleich ein so liebes, hübsches. Ihr beide seht euch richtiggehend ähnlich ..."
„Na ja, sie ist halt mein kosmischer Zwilling!", antwortete Julian scherzend und drückte Marion einen Kuss auf die Stirn.

„Kann schon sein!", meinte Julians Mutter. „Jedenfalls freue ich mich sehr!!" Sie ergriff Marions Hand
und tätschelte sie zärtlich.

...

„Sie übertreibt manchmal ein bisschen", meinte Julian später, als sie in seinem Zimmer allein waren.
„Aber nein, ich finde sie sehr liebenswürdig. Da solltest du erst mal meine Mutter erleben!"

Bevor sie einschlief, ließ Marion den Tag noch einmal
Revue passieren. Was für ein wunderschöner Geburtstag das doch gewesen war! Und niemand, außer ihr, wusste davon ...
In dieser Nacht hatte Marion einen Traum. Sie und
Julian entdeckten plötzlich durch Zufall, dass sie flie-
gen konnten. Es war ganz einfach. Sie mussten sich
nur auf eine bestimmte Art an den Händen halten
und die Arme weit genug ausbreiten. Und schon
stiegen sie auf in die Lüfte und sahen die verschneite
Winterlandschaft von oben, die gleißende Sonne und
den funkelnden Schnee und auch die Menschen, die
bald nur mehr kleinen Käfern glichen, die da unten
herumkrabbelten.
„Ich hatte einen seltsamen Traum", erzählte Marion
am Morgen.
„Ich auch!", sagte Julian, „Stell dir vor! In meinem
Traum sind wir zusammen geflogen!"
„Oh!", sagte Marion, „Genau das hab' ich auch geträumt!"

„Nein!"

„Doch!"

„Wie kann das sein, dass zwei Menschen das gleiche träumen?", fragte Julian verwundert. „Meinst du, dass das vielleicht wirklich passiert ist? Ich meine, könnte es sein, dass wir das wirklich erlebt haben, irgendwo, in einer anderen Welt? Ich meine, eine Welt, die zwar nicht hier ist, die aber irgendwo anders trotzdem existiert", fuhr er nach Worten ringend fort.

„Ich weiß es nicht ... Aber als Kind hatte ich eine Zeitlang so ein Doppelleben, das sich auch sehr real angefühlt hat. Da gab es eine andere Existenz, die sich immer auftat, wenn ich in unserer Welt hier einschlief und dort hatte ich all das, was ich mir lange schon wünschte. Und es hat sich so real angefühlt, dass ich manchmal Schwierigkeiten hatte, festzustellen, wo ich gerade war."

„Das ist interessant!", meinte Julian, „Vielleicht können wir wirklich im Traum in andere Realitäten eintauchen! Wir sollten versuchen, das öfter zu tun."

Nach dem Frühstück drehten sie noch eine kleine Runde durch die Stadt.

„Das hier ist die Schule, die ich besucht habe ... Und in diesem kleinen Buchladen hab' ich mal im Sommer gearbeitet ... Ach ja, siehst du, und das da hinten ist unser altehrwürdiges Theater. Da hab' ich als Kind schon in einigen Aufführungen mitgespielt und so bin ich auch auf die Idee gekommen, Schauspieler zu werden ..."

...

Als sie sich dann von Julians Mutter verabschiedeten, war die Umarmung herzlich und es fiel der älteren Frau sichtlich schwer, die beiden gehen zu lassen.
„Genießt euer Leben, Kinder!", sagte sie eindringlich.
„Genießt die Zeit, solange ihr noch so jung seid!"

8

Einige Wochen später, hatte Julian wieder eine Überraschung für Marion.

„Ich hab' Karten für ein ganz tolles Stück bekommen. Wir können am Freitagabend gemeinsam zur Premiere gehen.

Ich erzähl' dir aber am besten noch nichts Genaueres darüber, denn da passiert etwas ganz Spektakuläres auf der Bühne! Nur, wie gesagt, ich verrate nichts im Vorhinein. Ich war manchmal auf den Proben, deshalb weiß ich es schon, aber ich bin schon unglaublich neugierig, wie *du* das finden wirst!!"

...

„Möchtest du vielleicht noch eine Kleinigkeit essen?", fragte Julian, als sie auf dem Weg ins Theater waren.

„Ach, ich weiß nicht, wegen mir nicht ...", antwortete Marion.

„Aber was, das geht sich schon noch aus. Ich möchte doch, dass du dich wohlfühlst, wenn du mit mir unterwegs bist!"

Und schon steuerte Julian das Theatercafé an.

„Diese Aufführung ist deshalb so speziell", erklärte er, während sie schnell noch mit Appetit einen griechischen Schafkäsesalat verspeisten, „weil da auch ein Tier auftritt!! Aber mehr verrate ich jetzt wirklich nicht mehr. Ich bin selbst schon ganz gespannt, wie die Leute reagieren werden. Heute Abend bei der Premiere, wird es auf jeden Fall für alle eine große

Überraschung sein … Nach ein paar Aufführungen wird sich das natürlich ändern. Dann wissen die Leute ja vorher schon Bescheid und stellen sich entsprechend darauf ein.

Das Stück spielte irgendwo in Indien. Eine Liebesgeschichte, mit den gängigen Zutaten. Zwei schöne junge Menschen, die unbedingt heiraten möchten. Ein verständnisloser Vater, der diese Heirat verbietet. Das übliche auf und ab der Gefühle …

Marion fragte sich gerade, was an diesem Stück so besonders sein sollte, als plötzlich eine große, dicke Schlange auf die Bühne kam. Das Tier hatte augenblicklich eine durchschlagende Wirkung und die Zuschauer hielten gespannt den Atem an. Eine Schlange!! Um Gottes Willen! Die haben da eine richtige Schlange auf der Bühne!!

„Ich muss hier raus!! Ich hab' eine Schlangenphobie!" Der Mann, der neben Julian saß, sprang hektisch auf … Und plötzlich war da eine angespannte, ängstliche Unruhe im Publikum zu spüren, ein Wispern und Flüstern, das beständig zunahm …

… Julian beobachtete das aufgeregte Treiben und schüttelte den Kopf. Dann beugte er sich kurz zu seinem Sitznachbarn.

„Keine Angst, die ist doch nicht echt!", flüsterte er beschwichtigend.

„Oh! Die ist nicht echt? Wirklich? … Da fällt mir aber ein Stein vom Herzen … Ist aber sehr gut gemacht, denn, wenn man es nicht weiß, würde man sie glatt für echt halten!" Der Mann kicherte jetzt erleichtert.

Einige andere Besucher, die in Julians Nähe saßen, hatten seine Worte ebenfalls gehört und so ging jetzt ein beruhigendes Raunen durch den Saal.

Die ist gar nicht echt! ... Sie ist nicht echt, die Schlange ... Keine Angst, das ist alles nur Theaterzauber ... Die Schlange ist jedenfalls nicht echt ...

Julian legte einen Arm um Marions Schultern und lächelte ihr zu.

...Das Publikum entspannte sich wieder und die aufkommende Panik war schnell verflogen. Was es nicht heutzutage alles gab! Sogar künstliche Schlangen, die wie echte aussahen! Ja, da könnte man fast drauf reinfallen! Selbstverständlich nur im ersten Moment. Natürlich war es im Grunde dumm, anzunehmen, dass die Schlange auf der Bühne echt sein könnte. Das war sicher gar nicht erlaubt. So ein gefährliches Tier war ja gewiss, allein schon aus Sicherheitsgründen, verboten. Aber ja, das war eben die Illusion des Theaters. Man vergaß solche logischen Überlegungen im ersten Augenblick völlig und fiel auf den Effekt herein ...

Die Menschen beobachteten jetzt, da sie sich wieder in völliger Sicherheit wussten, mit Amüsement und Vergnügen die Schlange, die immer noch die Szene dominierte. Wenn man ganz genau hinsah, konnte man definitiv sehen, dass das Tier nicht echt war. Schon die Farben waren viel zu unnatürlich. Das hätte einem eigentlich gleich auffallen können. Aber trotzdem! Alle Achtung! Gut gemacht und zudem eine sehr originelle Idee!

Zuletzt fing der junge Held auf der Bühne die Schlange ein und steckte sie in einen geflochtenen Bambuskorb mit Deckel, den er mit einer großen Geste verschloss.

Als er abtrat, gab es einen längeren Szenenapplaus.

„Bravo!", riefen die Leute und manche standen sogar auf.

Einige Minuten später, beugte sich Julian zu Marion und flüsterte ihr kurz ins Ohr: „Du! Diese Schlange war doch echt!!" Marion blieb vor Erstaunen der Mund offen stehen. Julian lächelte nur amüsiert. „Das war die Überraschung!", sagte er dann.

Wieder ging die Nachricht wie ein Lauffeuer durch den Saal.

„Die Schlange war doch echt! ... Nein!!! ... Doch!!! ... Die Schlange war echt!!! ... Sie war echt!!

Marion und Julian drehten sich um und sahen in viele ungläubige, verblüffte Gesichter.

Aber, da das Reptil inzwischen wieder in seinen Korb eingeschlossen schlief, war es jetzt wohl schon zu spät, sich angemessen zu fürchten.

Natürlich war die Schlange das Thema des Abends.

Auch am nächsten Tag noch, beherrschte ihr Auftritt die Kritiken in der Lokalpresse.

„Es ist so spannend, was man Menschen alles einreden kann!", sagte Julian nachdenklich. „Weißt du, die Schlange könnte ja auch wirklich nicht echt sein! Und dennoch, wenn die Leute *glauben*, dass sie echt ist, dann trampeln die sich trotzdem gegenseitig zu Tode auf dem Weg nach draußen, wenn erst einmal Panik ausbricht. Es kommt nicht darauf an, ob die Bedrohung real ist oder nicht, es kommt nur darauf an, was die Menschen glauben!! ... Und andersherum genauso ... Auch wenn die Schlange echt ist, solange das Publikum annimmt, sie ist es nicht, bleiben alle ganz cool und entspannt!! Schon faszinierend!! Oder?"

„Ja", stimmte ihm Marion zu. „Das war ein sehr interessantes Erlebnis! Und es war schön, wie du diesem ganzen Saal plötzlich die Angst genommen hast ...

Aber irgendwie ist es schon unglaublich, wie leicht man die Menschen beeinflussen kann ..." Marion dachte eine Weile nach. „Glaubst du, dass Politiker das auch mit uns machen?", fragte sie dann, „Dass sie uns schlimme Dinge verschweigen, damit wir ruhig bleiben?"

„Das könnte gut sein!", entgegnete Julian, „Das ist auch wieder so ein Mechanismus, den man zum Guten wie zum Bösen einsetzen kann. Aber weißt du, das Schwierige ist, dass es oft gar nicht so leicht ist, zu erkennen, was denn das Gute ist ..."

9

Einmal im Monat gab Julian ein Fest mit einem geradezu professionell aufgebauten Buffet. Er beherbergte an diesem Abend in seiner kleinen Wohnung an die 70 Gäste, die er alle mit Scharm und Gastlichkeit zu beeindrucken wusste. Zumeist gab es französische Zwiebelsuppe und diverse mediterrane Vorspeisen. Danach einen Hauptgang mit teurem Fleisch, wie Roastbeef oder Kalbsmedaillons, aber auch immer mehrere vegetarische Alternativen. Zusätzlich wurde ein Fischgericht, wie Lachs oder Zander, angeboten. Dazu ein üppiges Salatbuffet mit ausgewählten Dressings und zuletzt mehrere Torten und Schichtdesserts in Konditorqualität.

Wie all diese vielen Menschen auf derart begrenztem Raum überhaupt Platz finden konnten, war bereits ein Rätsel. Dass jeder sich auch noch willkommen und als bevorzugt behandelt empfand, war schlichtweg ein Phänomen ... Zugegeben, wenn ein Fest dieser Größenordnung stattfand, forderte Julian zumeist seinen Freund Bernhard aus Tirol an, der als professioneller Koch in der gehobenen Gastronomie arbeitete. Bernhard war einer jener stillen, rücksichtsvollen Menschen, die wenig reden, aber viel sehen und er bereitete die kulinarischen Köstlichkeiten nicht nur zu, sondern ging dann auch zwischen den Gästen herum und sah unaufdringlich nach dem Rechten. Es entging seiner Aufmerksamkeit nie, wenn ein Glas sich leerte und er hatte eine Art sechsten Sinn für die Bedürfnisse anderer Menschen.

„Bernhard, woher weißt du, dass ich gerade die andere Salatsauce suche?", fragte Marion erstaunt.

„Ein guter Kellner sieht so was halt!", meinte Bernhard mit einem bescheidenen Lächeln und schon huschte er wieder weiter, um einem anderen Gast Brot zu bringen.

Bei diesen Festen standen die Leute anfangs zumeist etwas steif herum, wie bei einer Ausstellungseröffnung. Später wurden aus den angrenzenden Wohnungen fehlende Sitzgelegenheiten beschafft und die jüngeren Leute saßen zumeist auf dem Boden. Es gab auch immer Musik und der gemeinsame Flur wurde als Tanzfläche genutzt. Darüber hinaus, verstanden sich Julians Feste als Treffpunkt und Schauplatz der Kreativität. So jemand malte, konnte er seine Bilder für die Dauer des Festes an die Wände des Flurs hängen. Und auch junge Liedermacher und Poeten fanden hier ein interessiertes Publikum.

Für Julian waren diese monatlichen Feste zwar mit einigem Aufwand verbunden, jedoch hatten sie einen angenehmen Nebeneffekt. Einkaufen und Kochen beschränkten sich fortan auf einen einzigen Tag im Monat. An allen anderen Tagen jedoch, war Julian ein gern gesehener Ehrengast bei allen seinen Partybesuchern, die ja durchaus das Bedürfnis hatten, sich angemessen zu revanchieren.

„Sag mal, wie ist das eigentlich, seid ihr jetzt fix zusammen?", fragte Cora neugierig, als Julian und Marion zu einem dieser Revanchebesuche bei ihr eingeladen waren.

„Musst du immer in solchen Kategorien denken?", entgegnete Julian ausweichend.

„Na ja, es interessiert mich halt!"

„Weißt du, wir sind nicht auf die Art zusammen, wie du mit deinem Freund", erläuterte Julian.

„Also seid ihr doch nicht zusammen?!"

„Ja und nein", sagte Julian. „Wir sind zusammen. Wir lieben uns sogar ... Aber auf eine ganz andere Art ... Irgendwie platonisch."

„Also seid ihr kein Paar!"

„Du verstehst das nicht. Wir sind viel mehr, als nur irgend so ein normales Paar", versuchte Julian zu erklären.

„Wenn man euch so sieht miteinander, könnte man aber glauben, ihr habt eine Beziehung!", meinte Cora irritiert.

„Wir haben ja auch eine. Aber, wie schon gesagt, auf eine andere Art!"

...

„Ja, diese Leute sind neugierig", meinte Julian später zu Marion, „Die haben nichts anderes im Kopf, als wer mit wem zusammen ist ...

Ich muss dir etwas sagen, Marion ...", fügte er dann ernsthaft hinzu. „Ich möchte es dir selbst sagen, bevor du es von jemand anderem hörst ... weil das wäre mir wirklich nicht recht ... Ich weiß, dass über mich so einiges erzählt wird … Und es stimmt, was die Theaterleute über mich reden. Ich bin schwul und der Bernhard auch. Und wir sind auf der Basis unserer Neigungen miteinander befreundet. Aber eher lose. Ich war nie verliebt in ihn, wenn du verstehst, was ich meine …"

„Was bedeutet das für uns Julian?", fragte Marion betroffen.

„Das ist nicht so einfach zu beantworten … Mit dir kann ich mir so vieles vorstellen. Eigentlich fast alles. Wir arbeiten jetzt schon zusammen und wir verbringen viel von unserer Freizeit gemeinsam. Wir könnten auch eine Weltreise machen! … Oder ein Theaterstück schreiben! …

Und irgendwann einmal, in der Zukunft, hätte ich auch gerne ein Kind mit dir … Natürlich nur, wenn du das auch willst … Aber ich denke, dass wir ein ganz wunderbares Kind haben würden …", sagte Julian versonnen.

„Hm! … Dazu müssten wir unserer Beziehung aber noch eine andere Komponente hinzufügen!"

„Ja, irgendwann … Aber das hat Zeit … Ich denke, es braucht einfach nur mehr Zeit …"

10

„Wollen wir zu Ostern meine Mutter besuchen?",
fragte Julian.

„Ja, gerne!"

„Da wird sie sich aber freuen, wenn du auch mit-
kommst! Übrigens, ich möchte unbedingt die neue
Parsifal-Inszenierung sehen. Die ist jedes Jahr immer
sehr schön."

„Ich weiß nicht … Ich hasse Oper!", entgegnete Marion zweifelnd. „Das ist alles so verstaubt", fügte sie
hinzu.

„Du wirst schon sehen, wenn du mit *mir* in der Oper
bist, wird es dir gefallen!", entgegnete Julian überzeugt. „Auch wenn du Wagner sonst nicht magst,
dem Zauber des Parsifals kann man sich schwer entziehen. Diese Musik hat etwas zutiefst Spirituelles,
das eine magische Wirkung auf die Seele des Menschen ausübt. Kaum ein anderes Werk kann sich
damit messen. Ja, diese Musik ist wirklich gewaltig!
Und auch die Handlung hat was. Schließlich geht es
da ja um den heiligen Gral. Und Ich finde, der Heilige
Gral ist schon faszinierend. All diese Mythen und
Sagen, die sich um ihn ranken! Weißt du, die Vorstellung, dass es da irgendwo ein heiliges, magisches
Gefäß gibt, das alle Probleme löst … Der Heilige Gral,
der ewiges Glück und ewige Jugend spendet!! Und
auch noch Nahrung im Überfluss! Das berührt doch
die tiefsten Sehnsüchte des Menschen!! Und das ist
heute noch genauso aktuell, wie in den düsteren,
alten Ritterzeiten, aus denen diese Sagen stammen!

Zu allen Zeiten lebten die Menschen in Dunkelheit und waren auf der Suche nach Licht … Und das wird sich nie ändern …"

Den Tag vor dem Parsifal-Besuch verbrachten sie mit Julians Mutter und auch Bernhard war zum Mittagessen eingeladen.

„Weiß deine Mutter …?", fragte Marion.

„Nein! Um Himmels Willen, nein!", antwortete Julian schnell. „Meine Mutter ahnt nichts und das soll auch so bleiben."

Julian saß neben Marion und Bernhard nahm neben Julians Mutter Platz. Wie es seinem Naturell entsprach, ließ er es sich nicht nehmen, beim Auftragen der Speisen zu helfen. Ganz selbstverständlich griff er nach dem Korkenzieher und schickte sich an, die Weinflasche zu öffnen …

Marion entging es nicht, wie aufmerksam und feinfühlig sich Bernhard Julians Mutter gegenüber benahm. Nicht nur während des Essens, auch später, als sie alle gemeinsam einen Osterspaziergang machten. Julian nahm Marion an der Hand und die beiden stürmten wie zwei junge, ausgelassene Hunde voraus. Sie alberten herum und spielten fangen. Sie ließen sich einen Hügel hinunterrollen, bis sie unten lachend liegen blieben … Dann hob Julian Marion hoch, weil sie sich in den Kopf gesetzt hatte auf einen Apfelbaum zu steigen und zuletzt kletterte er selbst hinterher. Versteckt in der blühenden Baumkrone, hatten sie Spaß daran, zu beobachten, wie

Bernhard und Julians Mutter sich suchend nach ihnen umsahen. Dann sprangen sie plötzlich gleichzeitig vom Baum und erschreckten die verdutzte Mutter, die ungläubig den Kopf schüttelte.

„Also ich erkenne den Julian kaum wieder! Was der auf einmal für eine Energie versprüht!", sagte sie zu Bernhard.

„Die zwei sind halt jung! Wir sind da schon ein bisschen älter und gehen die Dinge gemächlicher an", antwortete Bernhard.

„Ach, du bist so charmant!", rief Julians Mutter aus, „So alt bist du ja auch noch nicht, Bernhard!"

„Aber so jung wie die zwei auch nicht mehr! Komm Edith, häng dich ruhig bei mir ein, hier ist der Weg etwas uneben! Nicht, dass du dann noch stürzt und dir was brichst!"

Julians Mutter ergriff dankbar Bernhards Arm.

„Ach Bernhard, du bist immer so aufmerksam! ... An dir wird eine Frau einmal einen ganz vorbildlichen Ehemann haben!", fügte sie noch hinzu.

Am Abend verabschiedete sich Bernhard, der zur Arbeit musste und Julian und Marion machten sich fertig für die Oper.

„Kindchen, möchtest du nicht eins von meinen Kleidern anziehen? Wir haben doch fast die gleiche Größe!", bot Julians Mutter an.

„Warum nicht", antwortete Marion und folgte Edith zu ihrem Kleiderschrank.

„Sieh mal, das hab ich alles schon lang nicht mehr angehabt. Ist aber exklusive Qualität! Nur für mein Alter ist das schon ein bisschen zu viel Rüschen und Spitze. Aber an dir sieht es sicherlich entzückend aus. Du würdest mir eine große Freude machen, wenn du es trägst! Probier's doch mal an!"

Marion schlüpfte in das lange, weite Kleid und Edith half ihr, den Reisverschluss zu schließen.

„Lass dich ansehen! Also wirklich, ein Traum! Julian, komm mal! Ist sie nicht wunderschön?"

„Wenn du dich damit wohlfühlst, Marion … Ich meine, es schaut schon gut aus!"

Julian trug inzwischen einen dunkelblauen Anzug und seine Mutter entschied sich für ein elegantes Kostüm mit einer großen, weißen Rose am Revers.

Die Handlung von Parsifal war etwas verwirrend für Marion, aber sie fühlte sich seltsam berührt von jener Abfolge magischer Bilder, die der Bühnenbildner in den Raum gezaubert hatte. Und diese Musik war schön, sogar für Marions opernfeindliche Ohren …

Marion saß zwischen Julian und seiner Mutter und beide blickten sie nach jeder Szene immer wieder fragend und aufmunternd an.

„Gefällt es dir?", fragte Julians Mutter in der Pause.

„Schon schön! Oder?", bestürmte sie auch Julian.

„Ja, es ist schön!", gab Marion lächelnd zu. Sie fühlte sich ganz seltsam entrückt und schwebend und dieser eigenartige Zustand hielt auch noch weiter an, als sie bereits auf dem Heimweg waren.

„Ach, weißt du Kind, die Oper, das war einmal meine Welt!", sagte Marions Mutter wehmütig. „Aber man kann halt nicht alles haben!", fuhr sie mit einem zärtlichen Blick auf Julian fort. „Ich habe es nie bereut, meine Karriere für meine Kinder aufgegeben zu haben! Wirklich nicht!", sagte sie tapfer und wandte sich kurz ab.

Und dann sah Marion, wie Julians Mutter sich verstohlen eine Träne abwischte.

11

„Bald ist das Jahr zu Ende!", sagte Marion. „In fünf Wochen ist meine Diplomprüfung und ich sollte endlich anfangen, mich vorzubereiten!"

„Brauchst du Hilfe? Ich meine, wenn ich etwas für dich tun kann, dann mache ich das natürlich gerne."

„Ach, du hast doch selbst jetzt so viel zu tun mit dem neuen Stück!", entgegnete Marion.

„Ja, das stimmt schon. Ich meine, das Kräfteraubende an der aktuellen Produktion ist, diesen Spastiker zu spielen. Du kannst dir das nicht vorstellen, wie unglaublich anstrengend das körperlich ist. Ich bin fast jeden Abend so erschöpft, dass ich nur noch ein heißes Bad zur Entspannung nehme und dann sofort einschlafe", erzählte Julian.

„Ich finde es schade, dass wir uns inzwischen so selten sehen", beklagte sich Marion, „Und ich fühle mich mit vielen von den Kollegen immer noch nicht wirklich wohl, wenn du nicht dabei bist", fügte sie hinzu. „Früher, als wir gemeinsam gespielt und geprobt haben, waren wir halt fast ständig zusammen und ich vermisse diese Zeit!"

„Ach Marion! Das Bühnenjahr schließt Ende Juni und du musst jetzt erst mal deine Prüfung schaffen. Und dann wird dir unser Theater mit Sicherheit ein festes Engagement anbieten. Davon kannst du ausgehen. Ich hab' da schon sowas läuten gehört, dass das so viel wie beschlossene Sache ist. Und nach der Sommerpause werden wir gewiss wieder gemeinsam in diversen Kinderproduktionen spielen."

„Ich hoffe, dass du Recht hast!"

„Aber warum denn nicht! Es sind doch alle zufrieden mit deiner Leistung!"

Marion kuschelte sich wortlos an Julians Schulter und er fuhr ihr beruhigend übers Haar, so, wie man ein aufgebrachtes Kind besänftigt.

„Ich vermisse dich doch auch", flüsterte Julian sanft und küsste sie behutsam auf die Stirn. „Aber jetzt sollten wir diesen Abend genießen, gerade weil wir zur Zeit nicht so viele davon haben."

„Gehen wir noch zu dir?", fragte Marion, „Es wird schon ein bisschen frisch."

Als sie sich gemächlich von ihrer Parkbank erhoben, war es bereits dunkel. Der Vollmond ging gerade auf und es roch immer noch betörend nach Flieder. Wie schon oft, schlenderten sie Arm in Arm die Straße entlang und gingen die beliebte Abkürzung über den Hauptplatz.

Dann, in einer Seitengasse nahe seiner Wohnung, blieb Julian plötzlich unter einer Laterne stehen. Er zog Marion eng an sich heran und hob sie kurz hoch. Zaghaft küsste er sie auf den Mund und Marion stellte sich auf die Zehenspitzen, um den Größenunterschied etwas auszugleichen.

„Meine kleine Fee!", sagte Julian zärtlich und küsste sie wieder. Diesmal aber war sein Kuss von einer neuen Leidenschaftlichkeit, die Marion noch nicht an ihm kannte. Alles um sie herum schien plötzlich zu schwanken, der Mond, die Laterne, die Allee, alles drehte sich im Kreis ... Als er sie dann zum dritten Mal küsste, tat sich der samtige Vollmondhimmel mit einem Male auf und ein Nebel von Sternen hüllte sie beide ein. Mond und Laterne waren plötzlich verschwunden und es gab nichts mehr, außer diesem einen Kuss.

„Was war das?", fragte Marion fassungslos, als sie wieder zu sich kam.

„Das macht der Vollmond!", flüsterte Julian. „Hin und wieder ist so ein Tag, an dem fast alles möglich ist, so, wie in der Walpurgisnacht."

Stundenlang standen sie da und küssten sich in einem neuen, magischen Raum, der sich gerade aus dem Nichts erschuf. Ein Raum, in dem ihre zärtlichen Berührungen hemmungslos und frei waren, wie noch nie zuvor …

Als es schon wieder anfing, dämmrig zu werden, legten sie die kurze Strecke bis zu Julians Wohnung, wie in einer eigenartigen Trance gefangen zurück. Dann hob Julian Marion hoch und trug sie über die Schwelle seiner Wohnung.

„Meine kleine Fee!", flüsterte er wieder.

Aber in eben dem Moment, als sich die Türe hinter ihnen schloss, brach der Zauber der Sinnlichkeit, der über dieser Nacht gelegen hatte. Im geschlossenen Raum fühlten sie sich beide wieder gehemmt und es fehlte die Verbindung zu den Sternen…

…

„Eines Tages werden wir uns lieben", sagte Julian. „Und von einem dieser Sterne werden wir unser Kind abholen."

12

In den letzten Tagen vor der Diplomprüfung fuhr Marion zu ihrer Mutter, in der Absicht, ihre Szenen dort in Ruhe zu proben. Der schalldicht ausgebaute Kellerraum des Hauses war dazu ideal geeignet.

Marion spielte ihrer Mutter gerade zum fünften Mal in Folge die Gretchenszene aus dem Faust vor, als plötzlich das Telefon läutete.

„Marion! Es ist für dich!!", rief die Mutter.

„Für mich?? Aber es weiß doch gar niemand, dass ich weggefahren bin!", antwortete Marion irritiert, während sie unwillig die Kellertreppe hochstieg und zuletzt zögernd den Hörer übernahm.

„Ja, bitte?!", sagte sie reserviert.

„Marion! Endlich erreich' ich dich! Ich such' dich schon seit Stunden!" Julians Stimme klang seltsam gehetzt.

„Was ist denn? Ich bin zu meiner Mutter gefahren."

„Du hast eine Vorstellung übersehen! Komm sofort hierher! Der Intendant weiß es auch schon und er hat getobt bis zum geht-nicht-mehr in seinem Büro. Du weißt ja, wie er immer auf den Schreibtisch haut mit der Faust, wenn er sich aufregt und wie das kleine Fischchen aus Glas, das er auf der Arbeitsplatte stehen hat, dann immer in die Luft springt von der Wucht seiner Schläge."

„Aber ich dachte am 17. ist die nächste Vorstellung", meinte Marion verwirrt.

„Heute ist der 17.!!!"

„Um Gottes Willen! Was soll ich denn jetzt machen? ... Selbst wenn ich mich in ein Taxi setze ... Das sind mehrere Stunden Fahrzeit ... Das geht sich niemals aus!"

„Das ist schlecht, Marion. Wenn die Aufführung wegen dir nicht stattfinden kann, dann musst du eine Konventionalstrafe zahlen und das sind locker an die 60.000 Schilling!!"

„Versuch Fiffi zu erreichen. Die mag mich zwar nicht besonders, aber sie ist definitiv die einzige Person, die in mein Kostüm passt!"

„Ich tu was ich kann!", versprach Julian.

... Fiffi ergriff die Gelegenheit und sprang kurzfristig ein. Die Konventionalstrafe war hiermit vom Tisch, dennoch hatte der Vorfall Konsequenzen.

Das Theater nahm davon Abstand, Marions Vertrag weiter zu verlängern.

„Ich wollte ohnehin nie hier bleiben, wenn ich erst den Abschluss habe!", verlautete Marion trotzig, als einige Kolleginnen sie darauf ansprachen.

„Oh! ... Ich dachte immer, du willst hierbleiben, wegen Julian", sagte Cora.

Marion bestand die Diplomprüfung und erhielt sofort ein Engagement in Deutschland.

Julian gratulierte ihr herzlich.

„Ich bin ja so stolz auf dich!!", sagte er und warf sie in die Luft, wie ein Kind. „Das müssen wir jetzt aber schon gebührend feiern!!" Als er sich etwas beruhigt hatte, reservierte er spontan einen Tisch für zwei in einem neuen, indischen Lokal.

Das Essen war köstlich, aber dennoch war die Stimmung den ganzen Abend lang etwas gedrückt.

„Weißt du, es wird nie wieder so sein, wie jetzt", meinte Julian nachdenklich … „Du musst natürlich dorthin gehen, wo du einen Job bekommst und in unserem Beruf kann man da nicht wählerisch sein. Aber ich war mir immer sicher, dass dir das Theater einen fixen Vertrag anbieten wird … Und das hätten sie auch gemacht, wenn nicht diese unselige Geschichte mit der versäumten Aufführung passiert wäre … Weißt du, ich bin einfach nicht darauf eingestellt, dass unsere gemeinsame Zeit jetzt schon vorbei sein soll … Aber es wird wohl so sein."

„Wir können uns schreiben", sagte Marion hilflos, „Und wir können uns hin und wieder besuchen … Aber du hast recht, es wird nie wieder so sein, wie jetzt!"

Viele Jahre später

„Sag mal, Oma Marion, wärst du eigentlich immer noch lieber ein Mann?", fragte Florian.

„Irgendwie schon, aber inzwischen ist es mir nicht mehr so wichtig, wie früher."

„Warst du deshalb unglücklich in deinem Leben?"

Oma Marion überlegte ein paar Augenblicke lang.

„Ich kann es nicht sagen, ob ich deshalb unglücklich war", sagte sie dann, „aber ich war ganz sicher nicht so glücklich, wie ich es hätte sein können. Verstehst du, ich wäre zum Beispiel viel lieber der coole Vater meiner Kinder gewesen, als die arme, liebe Mami ... Inzwischen bin ich allerdings so weit, dass ich mich als Mensch nicht mehr über Geschlechtlichkeit definieren möchte – weder über männliche, noch über weibliche. Ich bin dieses Thema irgendwie so müde ... Man sollte sich lieber über seine Kreativität definieren oder über seine Menschlichkeit und nicht nur über sein Geschlecht", fuhr Oma Marion fort. „Und so, wie sich die Welt inzwischen verändert hat, ist es in vielen Dingen auch schwieriger geworden ein Mann zu sein, als früher. Frauen haben sich bemerkenswert entwickelt in den letzten Jahrzehnten und sie haben jetzt sehr viel mehr Möglichkeiten, als damals ... Denn heutzutage muss man zum Beispiel kein Mann mehr sein, damit man Pilot werden darf!! Viele Männer jedoch, sind irgendwo zwischen ihrer traditionellen Rolle und dem, was heute von ihnen erwartet wird, steckengeblieben ..."

„Oma Marion? Stimmt es, dass es auch früher schon Menschen gegeben hat, die ihr Geschlecht gewechselt haben? Meine andere Oma hat mir von einer

Sportlerin erzählt, die dann später ein Mann wurde und deshalb ihre Medaillen zurückgeben musste."

„Na ja, das war früher nicht so, wie jetzt. Es hat damals Menschen gegeben, die kein eindeutiges Geschlecht hatten und man hat dann zumeist die Eltern gefragt, was sie lieber hätten. Oft hat sich aber später, in der Pubertät, herausgestellt, dass das andere Geschlecht doch stärker präsent war. Man hat dann halt die Wünsche der Betroffenen berücksichtigt und versucht, diese Menschen körperlich an unsere gewohnten Definitionen von Geschlechtlichkeit anzupassen. Aber mein Körper war ja eindeutig weiblich! Nur meine Seele war es nicht ...

Andererseits vermute ich, dass ich als Mann zumindest bisexuell gewesen wäre ...

... Es gab da einen schwulen Mann, den ich geliebt habe, wie niemand anderen in diesem Leben. Wir lernten uns am Theater kennen, als wir beide erst 21 waren. Und ich bin überzeugt: Wenn ich den Körper eines Mannes gehabt hätte, wären wir für immer zusammengeblieben ...

Wir waren einander in tiefster Liebe verbunden und er wollte sogar ein Kind mit mir haben ...

Aber gewisse Dinge waren für ihn halt letztlich doch nur mit einem Mann vorstellbar ... Insofern war es dann irgendwann kompliziert für uns beide ...

Vielleicht sind das ja zum Teil alles nur Wunschvorstellungen, aber manchmal, in Gedanken, sinnt man halt darüber nach, *was gewesen wäre, wenn … Und was sein könnte, wenn …*

Ich sehe mir oft junge Menschen an und versuche mir vorzustellen, wie die wohl gewesen wären, wenn sie ihre Jugend vor 40 Jahren verbracht hätten – Und dann wieder denke ich an Freunde, die ich vor vielen Jahren kannte und ich versuche eine Ahnung davon zu bekommen, wie sie wohl leben würden, wenn sie in der jetzigen Zeit jung wären …

Mit den Möglichkeiten, die man heute alle hat, hätte vielleicht vieles anders sein können, zwischen mir und meinem schwulen Freund. Man kann heute ein Baby sogar auf außergeschlechtlichem Weg zeugen! … Ja, diesen Wunsch nach einem gemeinsamen Kind, den hätten wir uns wohl zuerst erfüllen müssen … Und später dann hätte ich ein richtiger Mann werden können! Und von Beruf Pilot!!

Irgendwann hätten wir geheiratet und ich bin überzeugt, wir wären sehr glücklich miteinander geworden …

Aber, verstehst du! Damals wäre das nicht möglich gewesen! Solche Operationen hat man gemacht, um Menschen an so genannte ‚Normalität' anzupassen. Es hätte mir selbstverständlich niemand dabei geholfen, ein schwuler Mann zu werden. Um Gottes Willen!! Ganz sicher nicht! Damals galt Homosexualität noch als Krankheit! Und das war schon ein Fortschritt, denn in den Zeiten davor, wurde das einfach nur als Sünde betrachtet oder als Perversion. Und das war nicht nur eine philosophische Frage. Homosexualität wurde vielerorts sogar mit Gefängnisstrafen geahndet."

„Aber warum denn? Das versteh' ich nicht! Warum war das so, Oma Marion?"

„Da gibt es nichts zu verstehen. Es war halt so. Die Kirche mit ihren Moralvorstellungen war sehr mächtig und die hatten in der Gestaltung der Gesetze, immer ein gewichtiges Wörtchen mitzureden … Dabei gab es gerade innerhalb der Kirche sehr oft heimliche, homosexuelle Beziehungen. Ob diese Pfarrer und Mönche wirklich alle schwul waren, bleibt natürlich dahingestellt! Nachdem es im Kloster ja keine Frauen gab, haben sich die Männer halt untereinander zusammengefunden …

Mein Gott, da fällt mir diese tragische Geschichte wieder ein! Weißt du, einer meiner Stiefbrüder hatte eine Beziehung mit einem katholischen Pfarrer. Das hat lange Zeit niemand überrissen. Die Gemeinde des Geistlichen war klein und ländlich und dort waren die Menschen so naiv, dass sie auf so was gar nicht gekommen wären. Wenn der Pfarrer da ständig eine Frau zu Besuch gehabt hätte, das wäre natürlich sofort aufgefallen und hätte zu Tratsch geführt. Aber so! Mein Stiefbruder war Straßenmusiker und meistens pleite und die Leute im Dorf haben nur geredet, was der junge Herr Pfarrer nicht für ein guter, sozialer Mensch ist, dass er diese verkrachte Existenz im Pfarrhaus aufnimmt. Irgendwann ist das Ganze dann halt doch bekannt geworden, an die näheren Umstände kann ich mich nicht mehr erinnern … Aber natürlich war es ein Riesenskandal … Und ich weiß noch, dass dann eines Tages in der Zeitung stand, dieser Geistliche hätte sich umgebracht ... Da waren dann natürlich alle schockiert ...

Diese ganze Künstlerszene war damals allerdings ein gutes Pflaster für die Homosexuellen. Die hatten da eine mächtige Lobby. Weil halt auch viele Regisseure schwul waren, wurden sie oft sogar bevorzugt. Aber das war – gesellschaftlich gesehen – so eine Art Insel mit eigenen Gesetzen. Im wirklichen Leben war es oft nicht so weit her mit der Akzeptanz. Zwar wurden nach und nach die Strafen abgeschafft und man hat viel Aufklärungsarbeit betrieben, um die Leute toleranter zu stimmen. Nur die meisten haben es doch so gesehen, dass man zwar akzeptiert hat, dass es solche Menschen *gibt*, aber doch bitte um Himmels Willen nicht das eigene Kind!! ... Und weil halt jeder irgendjemandes Kind ist, blieb es zumeist weiterhin schwierig, sich zu outen."

„Oma Marion? Was ist eigentlich aus diesem Mann am Theater geworden, aus diesem Mann, den du so geliebt hast?

„Sein Name war Julian und er ist schon vor etlichen Jahren gestorben. Ich weiß nicht woran. Ich habe ihn das letzte Mal besucht, als ich schon ein Baby hatte. Danach war ich lange Zeit im Ausland und auch er hat Österreich wohl damals verlassen.

Erst Jahrzehnte später habe ich ihn wieder gefunden, über das Internet."

„Und? Habt ihr euch dann getroffen?"

„Nein! In dem Moment in dem ich ihn wiederfand, hatte ich ihn auch schon wieder verloren!", sagte Oma Maron schwermütig …

„Aber weißt du, selbst wenn er noch gelebt hätte, er war verheiratet und wir hätten nicht mehr sein können, als gute Freunde …

In unseren Herzen jedoch waren wir mehr als nur Freunde … Wir waren Seelenverwandte! Er war einfach mein kosmischer Zwilling! So eine Begegnung hat man, wenn überhaupt, nur einmal, im Leben … Und es tut mir unendlich leid, um das gemeinsame Leben, das wir nicht gehabt haben …

… Gut, ich habe an Stelle dessen ein anderes Leben gehabt und so schlecht war das nicht …

Zumindest war es aufregend! Und ich habe viel erlebt und viel gesehen, dafür bin ich dankbar …

Aber irgendetwas hat immer gefehlt!"